悪役令息は第二王子の
毒殺ルートを回避します！

characters
ブラッドフォード
責任感が強い第二王子。
体の弱い兄に代わって
王位継承順位一位になった。
レイモンド
公爵家次男で、
家族にかわいがられて
育った箱入り息子。

セドリック
しっかり者な公爵家長男。弟のレイモンドを溺愛している。
コンラッド
ブラッドフォードの側近で、十年彼に仕えている。ミステリアスな雰囲気。
シリル
ブラッドフォードの側仕えで、レイモンドの先輩。親しみやすく、面倒見がいい。
グレアム・ランドルフ
ラッセル公爵家の兄弟。王位継承権の第二位と第三位を有し、王位を狙っている。

目次

悪役令息は第二王子の
毒殺ルートを回避します！

1．キングスリー家の箱入り息子

おだやかな春の日差しが心をうきうきと浮き立たせる。

書見台の本に向かい、物語の世界に夢中になっていたレイモンドは、漂ってきた甘い香りにふと顔を上げた。

小さな頃から熱中すると我を忘れやすいタイプで、中でも本には目がない。放っておくと日がな一日家の書庫から出てこないレイモンドにつけられた渾名《あだな》は『本の虫』。冒険譚から怪奇物、果ては歴史書や薬学書に至るまで乱読する弟を見かねて、兄がつけた。

今もまさに、格好いい騎士道物語に胸をときめかせていたところだ。

銀色に輝く甲冑《かっちゅう》を身につけ、黒馬に跨がった騎士たちがいよいよ戦いの地へ赴《おもむ》く……！　という場面で、それはもう齧《かぶ》りつきで読んでいたのだけれど。

「この香り、きっと母様のレモンパイだ！」

お菓子は頑固な本の虫すら現実に引き戻す。

レイモンドは胸を高鳴らせながら思いきり息を吸いこんだ。

母のマリアが作ってくれるおやつはどれもおいしいけれど、中でもレモンパイが一番好きだ。

ふわふわの甘いメレンゲと爽やかなレモンカードのバランスが絶妙で、バターをたっぷり使ったパイ生地と一緒に頬張ると幸せで蕩《とろ》けてしまう。

二階のこの部屋まで香りが漂ってきたということは、つまり焼き立てということだ。

「こうしちゃいられないぞ」

勢いよく椅子から立ち上がると、レイモンドは部屋を飛び出した。

レイモンド・キングスリー、十五歳。

やさしい両親と年の離れた兄にかわいがられ、箱入り息子として大事に育てられたキングスリー公爵家の次男坊だ。

胡桃《くるみ》色の髪は父親から、きらきら輝く黄緑色の瞳やミルク色の肌は母親から受け継いだ。

十二歳年上の兄セドリックは背が高く、身体つきもがっちりしている。

対するレイモンドは背が低いし、身体も華奢《きゃしゃ》だし、おまけに顔も童顔で男らしさにはほど遠いけれど、かわいらしい見た目に反して根性だけは人一倍あると自負している。

なぜなら、物語の主人公たちが人生のお手本だからだ。

どんな苦境に立たされても諦めない戦士や、愛のために命を捧げる騎士たちの姿に憧れてきた。

いつか自分もあんなふうになりたい、知恵や知識を活かして誰かの役に立ちたいという思いが、原動力となってレイモンドを支えてくれている。

足取りも軽く階段を降りると、侍従長のランチェスターが微笑みながらやってきた。

レイモンドが生まれる前からキングスリー家に仕えている御年七十の男性で、この家のことなら何でも知っている生き字引だ。黒いお仕着せに白髭《しろひげ》を蓄えた姿からは貫禄が滲《にじ》み出ている。

「何か良いことでもございましたか。レイモンド様」

「えへへ。なんだかいい香りがしたから、もしかしてと思って……」

「それでしたら奥様が」

「やっぱり！　思ったとおりだ」

ますます居間へ急がなければと踵《きびす》を返しかけたところで、なぜかランチェスターに止められた。

「そのままではいけません。クラバットが乱れておいでですよ」

有無を言わさずエントランスホールの姿見の前に連れていかれる。

侍従長が見守る前でタイを整えながら、レイモンドはあらためて自分の姿を見直した。

白いシャツに淡いブルーのベストを重ね、首には身嗜みのクラバットを巻く。ベストと同じ色の膝丈ズボンを穿き、さらにその下に白いタイツを穿けばいつものスタイルの完成だ。

畏《かしこ》まった格好だが、家の中でも常にきちんとするようキングスリー家の家訓に定められている。代々王室執政官を務める家柄のため、いつ何時城から呼び出されても失礼のないようにと日頃から徹底されているのだ。

ちなみにクラバットを留める銀のタイタックは兄のセドリックから、銀の鎖のついた懐中時計は両親から、それぞれ十五歳の誕生日に贈られた。

来年、十六歳になればレイモンドも大人の仲間入りをする。

兄のように執政官補佐としてお城仕えがはじまり、社交界にデビューすることになるだろう。それに備えて、こうしたものの扱いにも慣れておかなくてはとの兄と両親からの気遣いだ。

服装を整え、鏡の前でくるりと回ってみせる。

「どうかな？」

子供の頃から変わらない仕草にランチェスターは目を細め、それからやさしく頷いた。

「えぇ、よろしゅうございますよ。さぁ、行ってらっしゃいませ」

「うん！」

背中を押され、元気よくホールを横切って居間に向かう。

そこでは思ったとおり、母のマリアが出来立てのパイを切り分けているところだった。傍らでは侍女たちがティーセットを並べたり、お茶を運んだりと忙しそうに動き回っている。

ケーキスタンドの鮮やかな黄色い断面を見た瞬間、レイモンドは「わぁっ」と声を上げた。

「やっぱり！　レモンパイ！」

「あらあら。待ちきれなかったのね」

マリアは柳眉《りゅうび》を下げながらくすくす笑う。

公爵家の女主人でありながらおだやかな人で、刺繍やレース編み、それにお菓子作りが大好きな、レイモンドの自慢の母だ。やわらかな菫《すみれ》色のドレスがよく似合う。

「呼びに行かせるより、来る方が早いのではないかって。お父様が」

「レイはマリアのパイが大好きだからな」

「もう。父様まで」

ソファで寛いでいた父のダニエルも妻と目と目を見交わしながらにっこり笑った。

真面目で慎み深い父はレイモンドの憧れだ。家族をとても大切にしてくれるところも大好きだし、尊敬している。

国の第一執政官として多忙を極める父が珍しく休暇を取ったと思ったら、大好きな妻とのんびりするのが目的だったようだ。

そんな夫のためにマリアは心をこめてレモンパイを焼き、ティータイムを楽しもうとしている。

「父様と母様は、とっても仲良しですね」

「ははは。母様のことが大好きだからね」

「もう。ダニーったら」

マリアが少女のように頬を染める。

うれしそうに片目を瞑《つむ》る父と笑い合っていたレイモンドは、ふと思い出して辺りを見回した。

「今日は、セドリック兄様もお休みでしたよね？」

「少し出かけるとは言っていたが……あぁ、ちょうど帰ってきたようだ」

こちらに向かって足音が近づいてくる。

侍従が応対するのも待たず、自らドアを開けて入ってきたのは兄のセドリックだった。

大柄で逞《たくま》しい彼には濃紺の上着がよく似合う。父親譲りの面差しは男らしく精悍《せいかん》ながら、笑った途端に緑青色の目がとろりと蕩《とろ》けてやわらかくなる。

レイモンドの大好きな、格好良くてやさしい兄だ。

「レイ！」

そんなセドリックは一直線にやってくると、弟をぎゅうっと抱き締めた。

「ただいま、レイ。兄様が留守の間もちゃんといい子にしていたかい？」

「あ、あの」

「クラバットはしている？　タイタックは？　……あぁ、うん。ちゃんとつけてるね。とてもよく似合ってる。そうやってあたたかくしておいで。春とはいえまだ風が冷たいからね」

「その」

「レイが風邪でも引いたら大変だ。おまえは俺の、たったひとりのかわいい弟なんだから」

「兄様……とっても、うれしいんですが……く、苦しいですっ……」

なにせ身長差は二十二センチ。すっぽり抱き締められると息ができなくなってしまうのだ。

「ごめんごめん。つい」

慌てて腕をゆるめたセドリックは照れくさそうに肩を竦めた。

外ではしっかり者の兄なのだけれど、歳の離れた弟のこととなると途端に周囲が見えなくなるし、とんでもなく過保護になる。レイモンドが赤ん坊の頃からずっとこうだ。風邪でも引こうものなら一晩中ベッドの傍から離れないし、一度そのせいで彼の方が熱を出した。

そんなことがあってもなお、弟をかわいがるのは当然のことらしい。

満足げに頷いたセドリックは、ようやくのことで両親の方に向き直った。

「父上、母上。ただいま戻りました」

この流れもいつものことだ。

「おかえり、セディ。座りなさい。一緒にお茶にしよう」

「レモンパイを焼いたのよ。あなたも好きでしょう」

「はい。いただきます」

「ぼくも！」

ぴょんと手を挙げると、それを見たセドリックがウインクをくれる。

「俺のを半分あげようか」

「えっ。いいんですか！」

「ひとりひとつよ、レイ」

声を弾ませたのも束の間、母に窘《たしな》められ、しょんぼりするレイモンドを見てセドリックが笑った。ダニエルもマリアもくすくす笑いながら席に着く。

すぐに白磁のティーカップに紅茶が注がれ、家族四人のティータイムがはじまった。

レモンパイは、レモンを加えたカスタードクリームとメレンゲを重ねて焼いたお菓子だ。いつ食べてもおいしいけれど、気持ちがパッと明るくなるようなレモンイエローの断面は今の季節、春がよく似合うと思う。

期待に胸を弾ませながらレイモンドは隣のセドリックを見上げた。

「おいしそうですね。兄様っ」

「あぁ、本当だね」

もう待ちきれない。

そっとフォークで切り分け、パイを一口頬張ったレイモンドは、たちまち頬を薔薇《ばら》色に染めた。

「おいしい〜〜〜！」

甘酸っぱいレモンカードと、ふわふわのメレンゲが口の中でシュワッと溶けてなくなっていく。後には爽やかなレモンの香りと幸せの余韻が残るばかりだ。

ほっぺたが落ちないように手で押さえ、大喜びするレイモンドにセドリックが笑い、両親が笑い、最後にはレイモンドも一緒になって笑ってしまった。

「母様のレモンパイは世界で一番おいしいです！」

「ふふふ。レイったら」

「本当ですよ」

「ありがとう。……それにしても、こうしてみんなでお茶を飲むのは久しぶりね」

マリアが感慨深げに目を細める。

「父様も、セドリック兄様も、いつもとてもお忙しそうです」

つられてレイモンドもフォークを置くと、父と兄の顔を交互に見た。

ふたり揃ってのお休みなんていつ以来のことだろう。

そんな妻子の視線を受け、ダニエルは複雑そうな顔で嘆息した。

「おまえたちには寂しい思いをさせて申し訳なく思っている。それでも、国に尽くすことはキングスリー家に生まれた人間の使命であり、とても名誉なことなんだよ」

「はい。そんなお仕事をなさっている父様と兄様は素晴らしいと思います」

小さな頃からそう教えられてきたし、今でもそう思っている。

この家が代々忠誠を誓ってきたシュタインズベリー王国は、広い国土を有する大国だ。

王や王子がたびたび視察に訪れては市井の暮らしを見て回ったり、人々の意見に耳を傾けたりしてくれるので民衆からの支持は篤《あつ》く、王室と民は強い信頼関係で結ばれている。周辺国との関係も良好で、争いもなく、国際情勢はかなり安定していると聞いた。

それなのに、どうしたことだろう。

仕事の話をはじめた途端、父ばかりか、兄までもが顔を曇らせた。

「あの……セドリック兄様、どうかしたんですか？」

「いや」

何でもないというように一度は首をふったものの、セドリックはなおも浮かない顔だ。

「シュタインズベリーは平和ですよね？　周りの国とも助け合っているのですよね？」

「おまえの言うとおりだ。隣国との新たな貿易路も生まれ、我々の仕事もますます忙しくなった。それでこそお仕えのしがいがあるというものだ」

代わりにダニエルが答えてくれる。

それでも、その微笑みは長くは続かなかった。

「だが残念ながら、いつの時代も権力争いというものは起こり得る」

「え？」

「お城の中にちょっとした不安の種があるんだ。噂だとしても放っておくわけにはいかないからね。それでバタバタしていたんだよ」

セドリックも思いきったように続ける。

驚くレイモンドに、ダニエルは「このことは口外しないように」と言い含めた。

「問題を解決するのが私たちの仕事だ。おまえは心配しなくていい」

「ぼ、ぼくも……！」

レイモンドはとっさに椅子を立つ。大好きな父や兄が心を痛めているのを見て、とてもじっとしていられなくなったのだ。

「ぼくも、父様たちをお支えしたいです。一日も早くそうなれるように頑張ります」

「ありがとう、レイ。おまえはやさしい子だ」

頷くダニエルに、セドリックも身体ごと向き直った。

「今はまだ補佐の立場ではありますが、いずれ正執政官となり、必ずや父上のお役に立ちます」

「セディ、おまえもよく言ってくれた。私はふたりを誇りに思うよ」

ダニエルは目を細めながら息子たちを交互に見つめる。

そんなあたたかい眼差しに包まれ、くすぐったい気持ちを噛み締めながらレイモンドは再び腰を下ろした。

――早く、父様や兄様みたいになりたい。キングスリー家の立派な男子になりたい。

決意とともに噛み締めたレモンパイは、甘く、ほろ苦く、少しだけ大人の味がした。

2．ぼくが悪役令息だったなんて！

家族でお茶を楽しんだ日から数日が過ぎた。

その間も、セドリックたちは忙しそうだ。レイモンドが目を覚ますより早く家を出ていくこともあれば、ベッドに入ってしばらくしてからやっと帰ってくることもあった。

名誉ある仕事のためとはいえ、本当に大変そうだ。

侍従たちは気遣わしげだし、マリアも心なしかそわそわしている。

だからせめて邪魔にならないように、レイモンドは部屋に籠もって『本の虫』活動に勤しむことにした。もともと本は好きだったし、ありがたいことに家の書庫にはまだ読んだことのないものがたくさんある。

特に、夢中になったのが大型本だ。

古今東西の植物を扱った図鑑なんて圧巻で、鑑賞用だけでなく、薬や毒として利用する植物まで幅広く載っていて驚いた。一口に植物と言ってもいろいろな種類があるらしく、説明書きや挿絵、果ては小さな字で書かれた注釈まで新鮮な気持ちで読みこんだ。

昔の人は、どうして薬として使えるとわかったんだろう。どうやって毒を作り出したのだろう。誰かに飲ませて試したんだろうか。後ろめたい気持ちになったりしなかっただろうか。

知れば知るほど、もっと知りたいという気持ちと、怖いという思いが入り交じる。それでも強く惹かれてしまうのだから困ったものだ。自分がこんなに植物に興味を持つとは思わなかった。

「今度、母様にも教えてあげよう。母様はお花が好きだから……。あっ、でも毒のお話は怖いって言うかな」

マリアの顔が曇るところを想像し、レイモンドはぶんぶんと首をふった。

母を悲しませてはいけない。代わりに、話をするのはセドリックにしよう。

「兄様なら怖がらずに聞いてくれるよね。ちょっと危ないのも男のロマンって言ったりして」

ロマンティストな兄のことだ。きっと冒険譚を聞くように弟の言葉に耳を傾けてくれるだろう。もしかしたらレイモンドの知らない話までしてくれるかもしれない。

「ふふふ。楽しみだな」

少し先の未来を想像しながら読み終えた本を閉じる。

書庫に戻すため、いつものように侍従を呼ぼうとして、レイモンドはふとベルを持つ手を止めた。こんなことで呼びつけるのがなんだか申し訳なく思えたからだ。

今は父と兄を支えることに尽力してほしい。

だから、自分でできることは自分でやろう。

「ちょっと重たいけど、持てるはず……」

ひと抱えもある豪華な革装本を書見台から下ろすと、レイモンドはヨロヨロと蹌踉《よろ》めきながらもなんとか一階の書庫へ降りた。

父や兄も読書家だけれど、一番ここに来るのは自分かもしれない。四方の壁一面がぐるりと本棚で埋め尽くされたこの場所はレイモンドの大のお気に入りだ。

いつものように棚の端からスライド式の梯子をするすると引っ張ってきたレイモンドは、重たい図鑑を右手で抱え、左手で梯子に掴まりながら踏み台に足をかけた。

「わっ……」

片足を乗せただけで梯子がグラッと揺れる。

一瞬ヒヤリとしながらも、レイモンドは慎重にもう片足も梯子に乗せた。そうやって一歩、また一歩と息を詰めながら上がっていく。

だが次第に両手が痺《しび》れてきた。重たいものを持ちながらバランスを取っているせいだろう。左手もさることながら、図鑑を持っている右の手がそろそろ限界だ。

それでもなんとかこらえなくてはと、本を抱え直そうとした時だ。

「あっ！」

力の入らなくなった手が滑る。

——いけない！

大切な本を落としてしまうと意識がそちらに向かった次の瞬間、レイモンドはバランスを崩し、ドシン！　と大きな音を立てて図鑑もろとも梯子から落ちた。

強い衝撃に頭の中が真っ白になる。

すぐには声も出せなかったほどだ。

「痛……、ったぁ……」

遅れてやってきた痛みに呻《うめ》いていると、バタバタと足音が近づいてきて勢いよく扉が開いた。

「レイモンド様！」

「大変だ。すぐに奥様を！」

駆けつけた侍従たちは一目で事態を察し、そのうちひとりが踵《きびす》を返して走り出ていく。

残ったふたりがレイモンドを助け起こし、怪我の有無を確かめていると、マリアが血相を変えて飛んできた。

「レイ！　無事なの！」

「母様」

駆け寄ってきたマリアは侍従たちから詳しい状況を聞き、怪我はなさそうだとの報告を受けて、ようやくホッとしたように息を吐いた。

「あなたが梯子から落ちたと聞いて生きた心地がしなかったわ。あまり母様をびっくりさせないでちょうだい。やんちゃ坊主さん」

「ごめんなさい。バランスを崩してしまって……」

「気をつけなくてはね。ベッドで横になりましょう。頭を打ったそうだから、念のためお医者様にも来ていただきます」

「はい……」

みんなの邪魔をしないようにと思ったのに、逆に余計な心配をかけてしまった。

申し訳なさにシュンとしながら、レイモンドはされるがまま侍従に抱えられ部屋へと運ばれる。

ベッドでパジャマに着替えさせられている間にキングスリー家お抱えの医師がやってきて、丁寧に診察してくれた。

「脈は正常。熱もなし。目立った外傷もなさそうですな。頭痛や身体の痺《しび》れもない。大事には至らないでしょう」

「ありがとうございます。先生」

「どうぞお大事に。しばらく安静になさいますように」

マリアは医師を見送ると、もう一度レイモンドのところへ戻ってきて、落ち着いて眠れるようにブランケットをかけ直してくれた。

「少し早いけれど、今日はこのままおやすみなさい」

「はい。……あの、母様。心配かけてごめんなさい」

「いいのよ。あなたも痛かったでしょう。レイは母様の大切な宝物なのだから、危ないことはもうしないでね」

「はい。約束します」

「それじゃ、おやすみなさい」

マリアはやさしく微笑み、額にキスをすると、侍従たちを伴って部屋を出ていく。

目を閉じた途端、吸いこまれるように眠気がやってきた。

いつもと少し違うのは、これが夢か現実かわからないことだ。身を任せていると頭の中に一冊の書物が現れる。冠を頂く二頭の鷲《わし》――シュタインズベリー王国の紋章をつけた立派な本だ。

レイモンドが書棚に戻そうとした図鑑よりずっと重たいだろうに、そんなことなど感じさせないほど軽やかに本が開いていく。今まさに、物語がはじまろうとしているのだ。そちらの世界に自分を連れていこうとしている。

どんな物語なんだろう。

どんな夢が見られるだろう。

本を開く時にいつも感じる、あのわくわくと胸が躍るような気持ちを重ねながら、レイモンドは眠りに引きこまれていった――

＊

昔々あるところに、とても賢く誠実な王子がいた。

王子は第二王子であったが、病弱な兄に代わって将来の国王となるべく、日々研鑽を積みながら兄とともに父王を助け、政務に励んでいた。

寛容で思いやり深く、たとえ相手が身分の低いものであっても真摯に接する王子に臣下や民衆たちは心を寄せ、シュタインズベリー王国の将来は安泰だと誰もが口を揃えた。国は栄え、皆が平和に暮らしていた。

けれどある時、次期国王の座を狙うものが現れる。

王子の従兄弟であり、王位継承権第二位と第三位を有するラッセル公爵家の兄弟だ。

王族の系譜に名を連ね、皆の手本となるべき身でありながら、高い身分を笠に着て好き勝手する鼻持ちならない連中だ。醜聞も枚挙に暇なく、誰もが眉を顰《ひそ》めるような存在である。

そんな彼らは以前から虎視眈々と権力の座を狙っていたようで、隙を突いて王子を追い落としにかかった。

まずはラッセル家の弟の方が「第二王子は男色家だ。その証拠に結婚もしないし、愛妾もいない。これでは世継ぎは望めない。跡継ぎのくせに嘆かわしいことだ」という嘘の噂を流した。

臣下たちは王子の味方であり、彼の言うことは信じなかったが、以前から世継ぎを熱望していた父王だけは嘘の噂に惑わされてしまった。息子の目を覚まさせなければと躍起になり、責め続けたせいでふたりの間には決定的な溝ができた。王子は父王の信頼を取り戻すため努力を重ね、王妃もそれを後押ししたが、王の心には届かず、以来親子はギクシャクしてしまう。

これを好機と見たラッセル兄弟の弟は、さらに自らの兄にも『謀反』の疑いをかけ、どさくさに紛れて失脚させようと企む。

だが、弟の裏切りを察した兄は弟を襲い、再起不能になるほどの大怪我をさせる。

盛大な兄弟喧嘩の現場にたまたま居合わせたのが、王子の側仕えの少年だった。

弟を再起不能に追いこんだ兄は、事件の一部始終を目撃した側仕えを捕まえて口止めするとともに、「言うことを聞かないとおまえの家族を全員殺す」と脅して無理矢理仲間に引き入れる。

兄は、王子に毒入りのワインを飲ませる役目を側仕えに与え、「忠誠の証にやってみろ」と迫る。

側仕えは懸命に拒むものの、家族を盾に取られてどうにもならず、最後は断腸の思いで王子に毒を飲ませて殺してしまう。

一番の邪魔者を始末することに成功した兄は、側仕えに王子殺しの大罪を擦りつけたばかりか、王子の男色の噂を流したのも、自分の弟に傷を負わせたのも全部彼の仕業だと濡れ衣を着せる。

側仕えは必死に弁明するものの、大事な跡継ぎを失って理性を失った王は一切聞く耳を持たず、すべての元凶である大罪人として家族もろとも処刑されてしまう。

こうして目障りなものを一掃した兄はまんまと継承権第一位にくり上がり、次期国王に内定するのだった。

だが、話はそこで終わらない。

善良な主君を守り切れなかったと自責の念に駆られた王子の側近は、同じく深い悲しみに暮れる第一王子とともに第二王子の無念を晴らすことを決意する。自らの命を狙われる危険も顧みず、秘密裏にラッセル兄弟の悪事を突き止め、王に直談判するまでには数年もの歳月を要した。

ようやく真実を知った王は、己の所業を深く悔いる。

王子亡き後、王妃までもが心労によってこの世を去った。その発端となったものを許すわけにはいかないと、王はラッセル兄弟の王位継承権を永久剥奪するとともに、領地を没収し、国外追放を言い渡す。

役目を終えた側近は、「これからは弟を弔《とむら》って生きる」と言う第一王子とともに修道院に入るため城を出る。

何もかもなくなった城で王はひとり嘆き悲しみ、失意のうちにこの世を去る。

城はいつしか忘れ去られ、月日とともに朽ちていくのだった――

＊

物語の終わりとともに、レイモンドはふっと目を覚ました。

室内は暗く、家中が眠りについている。

そろそろとベッドの上に起き上がりながら、レイモンドは妙な違和感に宙を見つめた。

「今見たのって、『シュタインズベリー物語』だったよね……？」

鷲《わし》の表紙をよく覚えている。あの本が大好きで、何度も読み返したものだった。

固い絆で結ばれた王子たちと、互いを追い落とすことしか考えていなかったラッセル家の兄弟、ふたつの兄弟の行く末が対照的で、それぞれの視点を追いかけながらしみじみ味わったものだ。

「懐かしいなぁ。最後に読んだのはいつだったっけ」

呟いた瞬間、それが合図だったかのように頭の中で鍵の外れる音がした。

「……え？」

何かがすごいスピードで蘇《よみがえ》ってくる。

真っ白な長衣を羽織った人々が灰色の建物に吸いこまれていく。そこには見たこともないような器具が揃っていて、人々は朝から晩まで実験をしたり、話し合いをしたりしている。

そのすべてに覚えがあった。

「これ……ぼくの、記憶だ……」

信じられないことだが、レイモンド・キングスリーになる前の自分が見た景色のようだ。

かつて『シュタインズベリー物語』を読んだ時、自分は『伶《れい》』という名前だった。

日本という国で植物の研究員をしていた。物語が好きで、仕事の息抜きにいつも本を読んでいるような人だった。

どうして亡くなったのかは覚えていない。

けれど、こうして思い出してみると、不思議と植物図鑑に興味を引かれた理由もわかる気がした。

もしかしたら、同じレイという名を持つ彼に引き寄せられていたのかもしれない。伶ならきっと、レイモンドが夢中になって読んだ本の内容をすべて把握していただろう。薬草と雑草の見分け方や、毒性植物の扱い方も熟知していたに違いない。

「それにしても、どうして記憶が戻ったりしたんだろ。頭を打ったからかなぁ」

思い当たる原因はそれぐらいだ。

けれど、本当にそんなことがあるだろうか。

後頭部にうっすらできたたんこぶをさすりつつ、あらためて考えてみようとベッドに座り直したレイモンドは、そこではじめて大事なことに気がついた。

物語の舞台である国の名前。

シュタインズベリー王国は、今まさに、レイモンドが暮らしているこの場所だ。

「え？　えっ？」

――もしかして………？

そんなことあるわけがないのに、思い当たる節が多すぎる。

「まさか、ぼく、物語の中にいる……？」

心臓が不穏にドクンと鳴った。

レイモンドは戸惑《とまど》いに目を泳がせながら、物語の主要人物を順番に思い浮かべていく。

不遇の死を遂げる第二王子の名は、ブラッドフォード。

そして、彼に毒を飲ませる側仕えの名は、レイモンド。

「………ぼくだ」

自覚した途端、何もかも、最後に交わした会話さえもがはっきりと蘇《よみがえ》った。

なんということだろう。

自分は、第二王子を毒殺して家族もろとも断罪される、悪役令息だったのだ――！

＊

城内のゴタゴタで心労を溜める第二王子に、側仕えが真鍮《しんちゅう》の杯に入ったワインを差し出す。

この側仕えは王子が劇場を訪れた際にたまたま目を留め、召し上げた彼の気に入りだった。朗らかでよく気の利く側仕えを王子はかわいがり、時には側近にも見せないような顔を見せることもあった。気を許すほどに信頼していた。

だからこそ、「これでお疲れを癒《い》やしてください」と勧められたワインを王子は何の疑いもなく飲み干した。それどころか、顔を強張らせている側仕えを不思議に思い、「おまえも飲むか」と声をかけたほどだ。側仕えはふるえながら「畏れ多いことです……」と首をふった。

その直後だ。王子が苦しみ出したのは。

脂汗を滲《にじ》ませ、喉を掻《か》き毟《むし》るようにして悶える王子を見て、側仕えは自分はなんということをしてしまったのかと激しい後悔に襲われた。急いで解毒剤を飲ませようと思いつくも、時すでに遅く、王子はそのまま事切れてしまう。

やさしい彼は、最後まで信頼していた者の裏切りによって命を散らしたのだった――

＊

「ぼくが、この手で第二王子を毒殺する……」

声に出した途端、言葉は現実味を持って迫ってくる。

レイモンドは自分の言葉に自分で驚きながら激しく首をふった。

「殿下を亡きものにするなんて、そんなの考えるだけでも許されない」

第二王子のブラッドフォードは、伶が物語で一番好きだった人だ。

兄のアーサーを敬愛し、病気を理由に王位継承権を放棄するしかなかった兄の分まで父を支え、この国を守ろうとするような立派な人だった。誰にでもやさしく、自分がこのシュタインズベリー王国の一員だったらどんなに誇らしく思うだろうと尊敬したものだ。

だからこそ、毒殺はとてもショックだった。

側仕えの気持ちはわかる。大事な家族を殺すと脅されたら恐ろしいだろう。

愛する家族を取るか、恩義のある王子を取るか。選びきれずに自ら毒を呷《あお》って死んだとしても、作戦失敗の腹癒《はらい》せに結局家族は殺されるに決まっている。だからやるしかなかったのだ。

それでも、ブラッドフォードには生きていてほしかった。生きて、兄のアーサーと一緒に物語の希望になってほしかった。

おかげではじめて読んだ時はしばらく立ち直れなくなったほどだ。

それでもひと月もすると再び手に取ってしまうのだ。それぐらい王子たちの生き様には共感するところが多く、まっすぐな生き方に憧れもした。

「本当に、これから同じことが起こるのかな……」

この世界が物語そのものという確証はない。

けれど、少なくとも自分の名前は本と同じだし、第一王子に代わって第二王子が王を支えているという事情も同じ。シュタインズベリーという国名も同じだ。

違うところといえば、レイモンドが王子の側仕えではないということだ。

来年には執政官見習いとして城仕えがはじまるだろうが、側仕えとは職種が違う。王族に近づく機会はないし、執政官から側仕えに取り立てられたなんてケースも聞いたことがない。

「そうだよね。考えすぎだよね」

だが万が一ここが物語の中なら、自分はこの手で大好きなキャラクターを毒殺することになる。

「だめだめだめ！　絶対だめ！　毒殺なんてしないんだから！」

レイモンドはぶんぶんと首をふった。

大好きなブラッドフォードを毒殺するわけにはいかない。

そのせいで、愛する家族を処刑されるわけにもいかない。

むしろ逆に考えるんだ。本当にここが物語の世界なら『やり直し』のチャンスだと思えばいい。

どうにかしてピンチを切り抜け、新しい物語を生み出すのだ。

「よーし」

レイモンドは居住まいを正すと、毒殺ルートを回避すべく作戦を練りはじめるのだった。

3．まだ見ぬ大好きな人

一晩考えたものの、残念ながらいい案は浮かばなかった。

前世のことや伶の記憶、それに『シュタインズベリー物語』の内容などを思い返しているうちに頭がいっぱいになってしまったのだ。

「どうしよう……」

どうやったら最悪の事態を回避できるか見当もつかない。

こんな時、頼りになる兄のセドリックに相談できたらいいのだけれど。

「いきなりこんなこと言われたら、きっとびっくりしちゃうよね」

自分でさえ気持ちの整理がつかないくらいだ。

兄に本当のことを言ったらどうなるか、考えただけでも恐ろしい。最近ではただの弟思いを通り越し、ブラコンの名をほしいままにしているセドリックだ。レイモンドの中に自分の知らない記憶があると知ったら『かわいい弟の身体が乗っ取られた！』と大騒ぎするに違いない。

普段はしっかり者の兄なのだけれど、こと弟に関しては理性を失いがちだったりする。

「……前世のことは兄様には秘密にしておこう」

それがきっと一番平和だ。

だがそうなると、すべてをひとりでなんとかしなければならない。これまで困ったことがあれば何でも家族に相談してきたレイモンドにとって、はじめて自分ひとりで乗り越えなければならないピンチだ。

「うーん。困ったぞ」

せめて、ここが物語の中かどうかだけでも確かめられたらいいのだけれど。

「でも、ぼくが下手に動いたせいで話が動き出したらいけないし……いっそその前に止められたらいいんだけど……」

そうすれば最悪の事態は回避できるはずだ。

「でも、どうやって……？」

自問自答しながら歩いているうちに、気づけば屋敷の裏庭まで来ていた。大好きな散歩コースのひとつだ。屋敷の裏手には運河があり、そこを行く船を眺めるのがお決まりになっている。

今日もまた手漕ぎボートが渡っていくのを見た瞬間、いいアイディアを閃《ひらめ》いた。

「そうだ！」

船だ。その手があった。

このままここにいては物語がはじまってしまうかもしれない。

だったら、登場人物である自分が舞台を降りよう。物語が進まなければ毒殺もせずに済むはずだ。

あの船でここから離れればいいのだ。

なんて名案なんだろう！

「おーい！　おーい！」

レイモンドは夢中でボートに向かって手をふった。

乗っていた三人の男性は挨拶だと思ったのか、にこやかに会釈を返してくる。

そのまま行き過ぎようとしているのを見て、レイモンドは慌ててぴょんぴょん飛び跳ねた。

「待って待って、行かないで！　ぼくも乗せてほしいんです！」

レイモンドの声が届いたのか、男性たちは驚いたように顔を見合わせる。

「あのう……我々はしがない商人でございまして。マーケットの帰りで、お目にかけられるような品物は持ち合わせておりません」

「いいえ、そんなのいいんです。それよりどうしてもお願いしたいことがあって……お邪魔かとは思うんですが、ぼくもそのボートに乗せてもらえないでしょうか」

川に近づいていくレイモンドを見て、男性たちは慌てた様子で首をふった。

「と、とんでもない！　我々のようなもののボートに貴族のご子息様をお乗せするわけにはまいりません」

「そこをなんとか」

「どうぞわかってやってください。あなた様をお乗せしてしまったら、俺たちは貴族のご子息様を拐《かどわ》かした罪で捕らえられてしまいます」

「そんな……だけど……」

押し問答をしていた時だ。

「レイ！」

名を呼ばれてふり返ると、侍従を連れたセドリックが走ってくるのが見えた。普段は落ち着いている彼がずいぶんとまた慌てている。

「セドリック兄様」

「おまえの声が聞こえて、嫌な予感がして飛んできたんだ。俺の予想が外れてくれるといいんだが……ここで何をしていたんだい？」

「え、えっと……」

「まさか、そのボートに乗せてほしいと駄々を捏《こ》ねていたんじゃないだろうね？　……それとも、おまえたちが誘ったのか」

視線を向けられ、男性たちは「ヒッ」と息を呑む。

「とんでもないことでございます。我々は、たまたまここを通りかかっただけでして……」

「坊ちゃまが手をふってくださり、ご挨拶をさせていただいただけでございます」

「そうか。それは邪魔をしてすまなかったな。行ってくれ」

「はいっ」

セドリックの許しが出るや、男性らは猛然とパドルを漕いで、あっという間に行ってしまった。

あとには水紋が残るばかりだ。

セドリックは先に屋敷に戻るよう侍従たちに命じ、あらためてレイモンドに向き直る。

「もう一度訊くよ。何をしていたか、兄様に正直に話してごらん」

「実は……ちょっと、お家を出ようかなって思って……」

「なっ⁉」

セドリックがこれ以上ないほど目を瞠《みは》った。

「家を、出る……？　家を出ると言ったのか？　おまえが？　この家から？　俺の傍から⁉」

顔は青ざめ、声は裏返り、まさにこの世の終わりと言わんばかりだ。

しばらく呆然としていたセドリックだったが、さすがは執政官補佐、何度か深呼吸をするうちにいつもの冷静さを取り戻したらしく、まっすぐにレイモンドの目を見つめてきた。

「おまえが家出したいと思うほど苦しんでいるとは知らなかった。気づけなかったことを兄として不甲斐なく思うばかりだ。許してくれ」

「そんな。セドリック兄様はいつも良くしてくれます」

「だが、ここを離れようと思ったのだろう？　なぜ、どうして、何のために」

「そ、それは……」

何をどこまで話せばいいだろう。

言い淀んでいると、それが余計セドリックの心配を煽ったようで、とうとう手首を掴まれた。

「落ち着いて話を聞いた方が良さそうだ。おいで」

「あ、あの、兄様っ……」

有無を言わさず屋敷に連れ戻され、そのまま居間へと連れていかれる。

先に戻った侍従たちから話を聞いていたのか、侍従長のランチェスターが駆け寄ってきた。

「セドリック様」

「あぁ、ランチェスター、いいところに。すぐに父上と母上をお呼びしてくれ。居間だ」

「畏《かしこ》まりました」

ランチェスターがすばやく侍従たちに指示を出す。

居間で待っていると、ほどなくして両親もやってきた。

いつもは城に詰めているダニエルも、今日はたまたまセドリックとともに屋敷で仕事をしていた。マリアも友人とのお茶会が終わり手が空いていたようだ。

「どうしたんだい、セディ。あらたまって」

「それが、実は――」

セドリックが経緯を説明すると、両親は彼と同様「なんだって！」「まぁ！」と声を上げた。

「レイ、どうして家出なんてしようとしたんだ」

「正直に話してちょうだい」

「それは、その……違うところに行ってみたくなって。ボートを見ているうちに、あれに乗ったら別の場所に行けるのかなって……」

ふたりの心配そうな視線が痛い。

息子の思いがけない告白を聞いて、ダニエルはやれやれと息を吐いた。

「衝動的に行動してしまったんだな。おまえの気持ちもわからなくはないが、そんなことをしてはみんなが悲しむ。父様の言っていることがわかるな？」

「はい……ごめんなさい」

「もうこんなことはしないと約束してくれるか？」

「はい。約束します」

レイモンドはシュンと項垂《うなだ》れる。

図鑑のことといい、今回といい、良かれと思ってやったことがまた裏目に出てしまった。決して心配をかけたかったわけじゃないのに。

下を向いていると、ダニエルが手を伸ばしてきてやさしく頭を撫でてくれた。

「そんなにしょげるな。レイは昔から聞き分けが良くておとなしい子だった。こんな大胆なことをするとは思わなかったよ」

「父様」

「まぁ、どこか違うところに行ってみたいという気持ちもわかる。男なら、たまには冒険もしたくなるものだ」

ダニエルが悪戯《いたずら》っ子のように片目を瞑《つむ》る。

それを見て、マリアはすかさず首をふった。

「レイモンドは十五になったばかりですよ。冒険だなんて危ないわ」

「母上のおっしゃるとおりです」

セドリックも鼻息荒く加勢してくる。

「世の中にはおかしな連中が山ほどいます。こんなにかわいいレイを放っておくはずがありません。

攫《さら》われてしまうに決まっている。そもそも、俺の大事なレイがこの家からいなくなるなんてあっていいわけがないんです！」

「わかったから、おまえも少し落ち着きなさい。セディ」

ダニエルは苦笑しつつ、あらためてレイモンドの目を見つめた。

「今回は未遂で済んで良かったが、レイに万一のことがあってからでは遅い。私たちにとっても、おまえは大切な息子なのだからね」

父親として言い含めると、ダニエルは家長としての顔になる。

「我々はキングスリー公爵家の人間として、先祖の名に恥じぬ行動を取らなくてはならない。そのためには己の欲に囚われぬよう戒める訓練も必要だ。自分と向き合う時間は今回のことを反省するいい機会ともなるだろう。レイモンド。おまえはしばらく謹慎するように」

「……！　わかり、ました」

思いがけないことになってしまった。

物語の舞台から離れようとしたのに、逆に離れられなくなるなんて。

それでも、いけないことをしたのだからしかたない。素直に反省して許してもらおう。

居間を出て、トボトボとエントランスホールを歩いていると、後ろからポンと肩を叩かれた。追いかけてきたセドリックだ。

レイモンドの顔を覗きこむなり、彼は緑青色の目を細めて微笑んだ。

「おまえの冒険を邪魔して悪かった。でも、おまえを思ってのことだよ。わかってほしい」

「兄様……」

「これまでどおり『セドリック兄様』って呼んでほしいな。あぁ、父上のように『セディ』でも」

「そんな、兄様を愛称で呼ぶなんて」

「おや。俺はうれしいけどね？」

セドリックが悪戯《いたずら》っ子のように片目を瞑《つむ》る。そんな仕草は父のダニエルにそっくりだ。

「これからもレイと仲良く一緒にいたいんだ。仲直りのしるしにそう呼んでくれないか」

「それなら、セディ兄様、は？」

「うん。いいね！」

セドリックの顔がパッと輝く。レイモンドの大好きな笑顔だ。だからなんだかうれしくなって、レイモンドもまた明るく笑った。

「ふふふ。セディ兄様」

「かわいいレイ。そういう素直なところが大好きだよ」

「ぼくも、セディ兄様のやさしいところが大好きです！」

応えるようにそっと背中をさすられる。

不安な時、怖い夢を見た時、いつもこうして背中を撫でてもらったっけ。子供に戻ったみたいで照れくさいけれど、それでもやっぱり安心する。

階段を上がりきったところで何か思いついたのか、セドリックが「そうだ」と立ち止まった。

「部屋で待っておいで。すぐに行くから」

そう言うなり、足早に自室に入っていってしまう。

不思議に思いながら言われたとおりにすると、すぐにセドリックが何かを手にやってきた。

「レイにいいものをあげよう」

「いいもの？」

声を弾ませるレイモンドに、彼は笑いながら持ってきたものを差し出してくる。

「日記帳だよ。これからしばらく家の中で過ごすことになるから退屈だろうと思ってね。それに、何か書き留めるものがあった方が考えを整理しやすいだろう。だから、これをレイに」

渡されたものに思わず見入った。

小型本ほどの大きさながら、ずっしりした厚みがある。

表紙は重厚な飴《あめ》色の革製で、四隅には真鍮《しんちゅう》の鋲《びょう》が打ちこまれている。さらに意匠もとても凝っていて、五芒星《ごぼうせい》を取り囲むように己の尾を食む蛇がデザインされていた。

「ずいぶん前に骨董市で見つけたものなんだ。たまにはこういうのもいいだろう？」

「はい。すごく格好いいです」

レイモンドは目を輝かせながら日記帳とセドリックを交互に見る。

そんな弟に微笑みながら、セドリックは意匠について説明してくれた。

「五芒星《ごぼうせい》はペンタグラムとも言って、魔除けの意味がある。邪悪なものを払い、精神を安定させ、身を守ってくれるものだ」

「すごい！　お守りですね」

「そして蛇は、もともと『死と再生』や『不老不死』などの象徴とされてきた。そんな蛇が自分の尾を食むことによって、はじまりも終わりもない、完全なものの象徴的な意味を持つ。それがこのウロボロスだ」

「そっか。だから尻尾を……！」

パッと見た時は自分の尻尾を噛むなんて不思議だなと思ったけれど、ちゃんと意味があったのだ。

ペンタグラムとウロボロスの力が宿る日記帳。

ここに書かれたことは大いなる力に守られ、果たされるとも解釈できる。その一部始終を自らの手で作り出せる。なんて男心をくすぐるアイテムなんだろう！

「まるで『魔法の書』みたい」

これまで読んできたいくつもの物語が脳裏を過《よぎ》る。

ため息をつくレイモンドに、セドリックは秘密を共有するようにニヤリと笑った。

「俺もそこが気に入って買ったんだ。魔法使いになったみたいだろう？」

「本当ですね。何でもできそうな気がします」

「気に入ってくれて良かった。こういうオマケがある方が日記も楽しくなるだろうからね」

「でも、ぼくがもらっていいんですか？　セディ兄様が使うはずだったんじゃ……」

「心配いらないよ。俺の日記帳の分厚さを知っているだろう？　まるで使い終わる気配もない」

「ふふふ。セディ兄様ったら」

大袈裟に肩を竦めるのに笑ってしまう。

セドリックは目を細めると、やさしくレイモンドを抱き寄せた。

「かわいいレイ。辛いことがあったらいつでも言うんだよ。もし、俺に言いにくいことがあったら日記に書くんだ。吐き出すことで気持ちは和らいだり、整理されたりするからね」

「セディ兄様……」

驚いて顔を上げる。

けれどその頃にはもう腕は解かれ、セドリックはドアに向かって踵《きびす》を返していた。

「それじゃ、俺は仕事に戻るよ」

「はい。あの、ありがとうございました」

「うん。じゃあ、また夜に」

名残を残してセドリックが部屋を出ていく。

ドアが閉まるのを見送って、レイモンドはもう一度日記帳に目を落とした。

「すごく、心配かけちゃったんだな……」

日記帳を渡した理由を、セドリックは暇潰しや気持ちの整理のためと言っていたけれど、本当に言いたかったのは最後の言葉だろうとわかる。弟を心配するからこそ、なんとか助けたいと思ってこれを譲ってくれたのだろう。

「セディ兄様。ありがとう……」

日記帳をぎゅっと抱き締める。

これを大切にしよう。そして、兄に話しかけるつもりで思ったことを正直に書こう。

レイモンドは机に向かうと、厳かな気持ちで日記帳を開いた。

お気に入りの羽根ペンをインク壺に浸しながら物語の言い回しを思い浮かべる。ああでもない、こうでもないとじっくり考えた上で、思いきって最初のページに決意表明を認《したた》めた。

《第一葉》
これは、レイモンド・キングスリーによる日々と願いの記録である。
ペンタグラムとウロボロスによってすべての言葉が守られんことを。

「おお。我ながら格好いい！」

惚れ惚れとしながら書いたばかりの文章を見つめる。

古めかしい言い回しは本物の『魔法の書』のようだし、そこに自分の名前があることで、自分が主人公になったみたいでドキドキする。

レイモンドはブロッターをコロコロと転がしてインクを押さえると、すぐに次のページを捲った。

ここからは今日の日記だ。

とはいえ、いろいろなことがありすぎてどれから書けばいいか迷ってしまう。反省もしなければいけないし、セドリックの気遣いがうれしかったことも書き留めておきたい。前世のこと、伶のこと、『シュタインズベリー物語』のこと――

「それだ」

今何より願うのは、第二王子を毒殺したりしないようにということだ。大好きなキャラクターの命と笑顔は何が何でも守らなくては。

「ブラッドフォード様はどんなお顔なのかなぁ。どんなふうに笑うのかなぁ」

かつて伶が読んだ『シュタインズベリー物語』には残念ながら挿絵がなかったため、登場人物の詳細な容姿はわからない。それでも皆がブラッドフォードを「光り輝く麗しの王子」と褒め称える場面があることから、きっと容姿端麗で素敵な人なのだろうと想像しながら読んでいた。

ここが物語の世界なら、ブラッドフォードもどこかで生きていることになる。

「もしかして、会えるってこと？」

ふと打算的な考えが過《よぎ》り、レイモンドはぶんぶん首をふった。

ブラッドフォードに会うということは、物語に足を踏み入れるということだ。毒殺に一歩近づくことでもある。

「でも、ちょっとだけ……遠くから見るだけなら……」

接触さえしなければ間違いが起こることはないだろう。

それに、せっかく同じ世界にいるのだから大好きなキャラクターを見てみたい、会ってみたいというのも本当のところだ。

レイモンドは深呼吸とともに今日のことを反芻すると、もう一度羽根ペンを取った。

《ピンクムーンの月　第六日》

頭を打ったことがきっかけで、ぼくは前世のぼくを思い出した。

そして、ここが『シュタインズベリー物語』の世界らしいと気がついた。

本当にそんなことがあるなんてまだ信じられないけれど、少しずつ見極めていかなくちゃ。

ぼくが物語に出てくる側仕えだとしたら、いつかブラッドフォード様に毒を飲ませてしまう。

それだけは絶対に回避しなくちゃ。それなのに、どうしたらいいかわからない。

衝動的に家出しようとして、セディ兄様をとっても心配させてしまった。

父様や母様にも心配かけちゃった。本当にごめんなさい。もうしません。

今はまだ思いつかないけど、毒殺を回避する方法が見つかりますように。

それから、もしも叶うなら、憧れのブラッドフォード様に会ってみたいな。

どんな方なんだろう。本のとおりかな。格好いいのかな。一目でいいから会いたいな。

4．運命の出会い

謹慎すること一週間。

反省したご褒美にと、セドリックが街へ連れていってくれることになった。

弟に甘い兄は、謹慎がはじまって二日後にはもうどこへ連れ出そうかと考えはじめていたそうで、それを聞いた母のマリアが「またそうやってレイを甘やかして……」と苦笑したほどだ。

それでもセドリックは父にきちんと許可をもらい、『婚約者への贈りもの選びに同行させる』という建前でレイモンドを家から連れ出してくれた。

絶賛ブラコン中のセドリックだが、家督を継ぐ立場上、彼には親同士が決めた許嫁がいる。

いわゆる政略結婚ながら当人たちの関係は至って良好で、お相手の女性はレイモンドにとって心やさしいお姉さんだ。時々屋敷に招いて一緒にお茶を飲むこともあるし、話をするのも楽しいし、早くお嫁さんに来てくれたらいいのにと思っている。実際には家同士のことなので、そう簡単にはいかないのだろうけれど。

そんなわけで、許嫁へのプレゼントを買う兄につき合って、レイモンドも馬車に揺られているのだった。

自分の用事ではないけれど、久しぶりの外出だと思うと気分も浮き立つ。

降り注ぐ日差しはやわらかく、吹き抜ける風も爽やかで、皆が春が来たことを喜んでいるようだ。レイモンドもその一員になって心を浮き立たせながら車窓の景色を目に焼きつけた。

「小さな頃から変わらないなぁ」

隣でセドリックがくすくす笑う。

「いつもそうやって窓に齧りついて」

「だって、とっても楽しいです！」

「家で本を読んでいる方がいいって言われるかもしれないと思ったんだけどね」

「本を読むのも好きです。でも、セディ兄様とお出かけするのも好きだから」

いつもと違う特別感があるし、大好きな兄と一緒にいられる。

そう言うと、セドリックは感極まったように目頭を押さえた後で、満面の笑みを浮かべた。

「おまえがいい子に育ってうれしいよ。今日は楽しもう。なにせ、兄弟ふたりきりのデートだ」

「もう。セディ兄様ったら」

十二歳も離れているセドリックは、レイモンドから見れば立派な大人だ。その彼も今はわくわく胸を躍らせているのだと思うとなんだかうれしい。

レイモンドはビロード張りの座席の上でゆらゆらと揺れながら移りゆく景色を眺めた。

ふたりを乗せた馬車は石造りの橋を渡り、街の門を潜っていく。

城塞に沿うように少し行ったところで馬車が止まった。小さな路地が入り組んだ街はそれ自体が迷路のようになっている。そのためここからは徒歩で回るのだ。馬でついてきた侍従たちも駒繋《こまつなぎ》に馬をつなぎ、ふたりの後ろに従った。

「わぁ！」

馬車を降りるなり、風に乗ってにぎやかな音楽が聞こえてくる。人々の笑い声や、石畳を荷車が行き交うガタガタゴトゴトという大きな音も。

静かな屋敷の周りとはまるで違う雰囲気に浮かれ、ぴょんぴょんと飛び上がったレイモンドは、いても立ってもいられなくなってセドリックの手をむんずと掴んだ。

「セディ兄様、早く行きましょう。早く早く！」

「ははは。おまえは本当に、小さな頃から変わらないんだから」

セドリックが楽しそうに苦笑する。

好きにさせてくれる兄の手を引きながら、レイモンドは張りきって大通りへと入っていった。

この街一番のメインストリートだ。

とてもにぎやかなところで、石畳の両側には煉瓦《れんが》造りの建物が犇《ひし》めいている。かわいい出窓には赤やピンクの花が飾られ、道行く人たちの心を和ませた。

パブの前にはテーブル代わりのワイン樽が置かれ、いつでも酒盛りができるようになっているし、肉屋の軒先にぶら下がったおいしそうなベーコンが人々の目を釘づけにしている。隣には宿屋が、反対側には食堂が、向かいには武器屋に金物屋に菓子屋など、様々な店が雑多に軒を連ねていた。

どれも箱入り息子のレイモンドにとっては珍しいものばかりだ。

あっちにも、こっちにも、見てみたいものがたくさんある！

それでも、せっかく連れてきてもらったのだからいい子にしていなければ。衝動的に行動してはいけないと、この一週間でよくよく反省したのだ。

とはいえ好奇心を完全に抑えるのは難しく、薬屋の棚に並んだ薬草に知らず目を奪われていると、後ろでくすくす笑う声がした。

ふり返れば、セドリックが小刻みに肩を揺らしている。

「そんなに見たいなら行っておいで」

「えっ。いいんですか？」

「父上や母上には内緒だよ。俺はあっちで贈りものを選んでいよう」

セドリックはそう言って斜向かいの菓子屋を指す。街で評判の店だ。

彼の婚約者は甘いものが大好きで、中でもセドリックがはじめて贈ったこの店のチョコレートがお気に入りなんだとか。おかげでセドリックは新作が出るたびにおねだりされ、せっせと店に足を運んでいる。

「チョコレートなんて、彼女には珍しくもないだろうにね」

「セディ兄様の贈りものだからうれしいんですよ、きっと。ぼくだって、あの日記帳をいただいてとてもうれしかったですから」

「レイ……」

セドリックは少し驚いた顔をした後で、すぐに白い歯を見せて笑った。

「おまえにそう言ってもらえると心強いな。よし、レイに背中を押してもらったし、とっておきのものを選んでくるとしよう」

「はい。行ってらっしゃいませ」

侍従とともに店に向かう兄を見送り、レイモンドも薬屋に向き直る。

わくわくしながらドアを押し開けた途端、身体に染み渡るような生薬の香りに包まれた。

壁一面にたくさんの小さな引き出しが並び、それぞれにラベルがついている。おそらくあの中に薬が入っているのだろう。細長いカウンターの上には調合前の薬草や香草、乾燥させた花や木の根、さらには虫や動物の一部と思しきものまでが透明の瓶に入って整然と並べられていた。

「うわぁ……すごい……」

まさに圧巻の一言だ。

図鑑で見たものもあれば、伶が研究していたもの、実際によく使っていたものもある。

興味津々で見入っていると、奥から店主と思しき中年の男性が現れた。客が貴族の子息らしいと知るや、彼は意外そうな顔で目を瞬く。

「いらっしゃいませ。本日はどのようなものをお求めで？」

「あ、いえ……すみません。興味があって、つい入っちゃいました」

「さようでございましたか。どうぞどうぞ、遠慮なくご覧ください」

ありがたい言葉に甘え、レイモンドはさっそく店内をキョロキョロと見回した。

「珍しいものがたくさんありますね。これも、これもはじめて見ます……わぁ、あんなのも……。この間植物図鑑を読んだばかりで、こうして見ているだけでも楽しいです」

「なるほど、図鑑を。興味がおありでしたらいくつかご紹介しましょうか」

「ぜひ、お願いします！」

店主はにこやかに頷くとカウンターの内側に回り、棚から瓶をひとつ下ろす。中から取り出してみせたのは爪の先ほどの茶色い種だ。

「一口に薬草や香草と言ってもその効果は千差万別です。たとえば、このベルトラムには老廃物を排出してきれいな血を増やすとともに、頭脳を明晰にする効果があると言われています」

「え？　ベルトラム？」

手のひらに乗せてもらった数粒の種をまじまじと見ながら、レイモンドは鸚鵡返《おうむがえ》しにくり返した。その名前に覚えがあったからだ。ただし見るのははじめてだ。

「へぇ。これがベルトラムなんですね」

「おや、ご存じで？」

「はい、名前だけは。でも日本ではどうしても手に入らなくて」

だから本を読んだり、写真を見たりして想像するしかなかった。それがまさか、こうして実際に触れる機会があろうとは。

「ニホン、というのは……？」

「あっ、なんでもないです。えーと、味見してみてもいいですか？」

危ない危ない。

怪訝そうな顔をする店主に曖昧《あいまい》に笑い返しつつ、粉末にしたものを少し分けてもらう。舐めてみると口の中に爽やかな風味が広がった。クローブにも似ているけれど、こちらの方が苦みが軽い。

「こんな味だったんだぁ」

ジーンとするレイモンドとは対照的に、店主は困ったように苦笑した。

「粉だけ舐めても旨くはございませんでしょう」

「とんでもない。感激しました」

「さようでございますか……？」

店主が不思議そうに首を傾げる。

そこへ、セドリックが店に入ってきた。

「レイ」

「セディ兄様。素敵な贈りものは見つかりましたか」

「あぁ。あちらの家に直接届けてもらうよう手配してきた。おまえの方も、何かおもしろいものはあったかい？」

「はい。とっても！」

頷きながらふり返ると、店主はますますなんとも言えない顔になる。

セドリックはそれを見逃さず、やれやれと肩を竦めた。

「悪かったな。この子が困らせていたか」

「いえ、そのような……」

「これを見せてもらっていたんですよ。ベルトラムです。やっと見られたのでうれしくって」

「ベルトラム？」

セドリックが首を傾げる。

兄と店主が顔を見合わせる横で、レイモンドは今度はカウンターの上の香草を指した。

「さっきのベルトラムもそうでしたけど、薬屋さんなのに食用のものも置いているんですね」

「あぁ、これですか？　これが何かおわかりですか？」

「ディルです」

即答すると、店主がにこやかに頷く。

「そのとおり。古くから食用としてだけでなく、薬としても使われてまいりました」

「神経を落ち着かせたり、消化器系統の機能を助けたりする働きがありますね」

その起源は古代エジプト時代にまで遡《さかのぼ》る。まさに人の歴史に寄り添ってきたハーブの代表選手のひとつだ。

「よくご存じで。ちなみに田舎では、花嫁の靴にディルを入れる風習もございます」

「それ、聞いたことがあります。ディルの強い香りが悪魔を追い払うって言い伝えられているからなんですよね。だから、花嫁さんが守られるように靴に忍ばせたって……ふふふ。セディ兄様も、結婚式ではお義姉さんの靴にディルを入れてあげてくださいね」

「レイ。おまえ、風習のことまでよく知っているね？」

目を丸くするセドリックに片目を瞑《つむ》ると、レイモンドは再び店内を見回した。

こうして実際のものに触れるたび、話すたびに、伶の知識がどんどんあふれてくるのが自分でもわかる。目の前が鮮やかに色づいていくようですごく楽しい。

「あ、これ。この丸い葉っぱはフェヌグリークじゃないですか？」

「おっしゃるとおりです」

レイモンドは香草の束を手に取ると、そっと鼻を近づけた。フェヌグリークにはセロリのような強い芳香があるのだ。

「いい香り……。フェヌグリークは栄養が豊富で、食欲低下に効果があると言われていますよね。古代では、種から作ったペーストを身体に塗って体温を下げる方法もあったとか……暑いところで暮らす人々の知恵ですね」

「そんな方法が？」

ついに店主まで目を丸くする。

「あっ。ぼくはやったことはないですよ」

でも、試してみたいと思ったことならある。もちろん伶だった頃の話だ。

懐かしさに胸を躍らせつつ、レイモンドは何気なくカウンターの奥に目を向けた。そうして棚の隅に隠すように置かれていたガラス瓶を見つけてハッとなる。遠目ながら、中に入っているものを見てピンと来たからだ。

「あれを見せてもらってもいいですか？」

「あ、あちらは……」

店主はわずかに躊躇《ためら》ったものの、レイモンドが「マルタンですよね」とズバリと言い当てると、観念したようにガラス瓶を取ってくれた。

中には乾燥させた植物の根が入っている。

「マルタン？　いったい何だい？」

カウンターに手をついたまま矯《た》めつ眇《すが》めつする弟に興味をそそられたのか、セドリックが小瓶の蓋に手を伸ばした。

「あっ！　触っちゃだめです兄様。毒なので！」

「ど、毒!?」

セドリックがギョッとして手を引っこめる。

「マルタンは根っこだけじゃなく、葉っぱや花にも毒を持っている恐ろしい植物なんです」

「どうしてそんなものを扱っているんだ」

責めるような視線を向けられ、店主があたふたと頭を下げた。

「この辺りでは、昔から矢毒として利用しておりますので……」

「あぁ、矢毒か。なるほど」

レイモンドも援護のため説明に加わる。

「マルタンは即効性のある毒なんです。毒性が強くて分解時間も早いので、大型獣を捕らえる時によく利用されるんですよ」

「坊ちゃまのおっしゃるとおりです。食用獣だけでなく、害をもたらす獣の駆除にも」

「それはわかったが……そんなに強い毒なら、射止めた動物の肉を食べるのは危ないだろう」

「大丈夫ですよ、セディ兄様。長時間加熱することで毒素が弱くなるんです」

「売る方としましても、誰彼構わずお渡しするわけではございません。国が発行する特別な許可証をお持ちの方にしか販売してはならない決まりがございます」

「そうか。よくわかった」

セドリックはひとつ頷いた後で、「それにしても……」とこちらを見下ろした。

「おまえはいつからそんなに薬草に詳しくなったんだい？　レイの口から毒薬の話を聞くことになるとは思わなかったよ？」

「えっ。えーと、その……本で読んだんです。植物図鑑で！」

「家の図鑑だろう？　俺も子供の頃に読みはしたけど、そこまで詳しく書いてあったかな……」

首を捻るセドリックにギクリとなる。

確かに彼の言うとおり、実際には植物研究をしていた伶の知識がほとんどだ。だからといって、それを正直に言うわけにもいかない。

レイモンドはなんとか笑って誤魔化《ごまか》すと、「セディ兄様、そろそろ……」と兄を促した。小さな店にあまり長居するのも良くないだろう。

「あぁ。行こうか。長々と邪魔をした」

「とんでもございません」

一礼する店主に、レイモンドも感謝をこめて微笑んだ。

「楽しかったです。珍しいものを見せてくださってありがとうございました」

「ご満足いただけましたら幸いでございます」

「今度はお客さんとして来ますね」

「またのお越しをお待ちしております」

店主に見送られ、セドリックとともに店を後にする。

一歩外に出た途端、忙しない往来の音に包まれ、一気に現実に引き戻された。

「やれやれ、不思議な店だったなぁ。レイの珍しい一面も見られた。連れてきて良かった」

「ぼくも、セディ兄様とご一緒できて良かったです」

それもこれも、頑張って一週間謹慎に耐えたおかげだ。

そう言うと、セドリックは「まったく……」と窘《たしな》めながらも笑ってくれた。

「でも、きちんと反省して偉かったからね。実は、レイの分のチョコレートも買ってあるんだ」

「えっ。本当ですか！」

「あぁ。ご褒美をあげすぎだと母上に叱られるかもしれないから内緒だよ。帰ったら一緒にお茶にしよう」

「わぁ、うれしい。セディ兄様、ありがとうございます！」

チョコレートはレイモンドの好物でもある。

その場でぴょんぴょん飛び跳ねる弟を見て、セドリックもうれしそうに目を細めた。

「このまま帰るのももったいないね。少し街を散歩しようか」

「はい！」

大喜びで通りを歩きはじめる。

するとそう向こうから、ひときわ大きな馬車がやってくるのが見えた。

黒塗りの豪華な四頭立てで、一目で王室のものだとわかる。通りにいた人たちはいっせいに道を譲り、沿道の左右で頭を垂れた。

レイモンドも、セドリックと一緒に敬礼しながら馬車を見守る。

こんなところで王族に出会すとは思わなかった。慰問からの帰りだろうか。それとも灌漑《かんがい》工事の視察にでも行かれたのだろうか。

それとなく見ていると、少し離れたところで馬車が停まり、ひとりの若い男性が降りてきた。

数人の侍従を引き連れ、沿道の人々と言葉を交わしながらこちらへやってくる。その堂々とした振る舞いは間違いなく上に立つもののそれだ。光に透けるような美しい金色の髪を靡《なび》かせ、颯爽と歩いてくる姿は物語の中の王子様そのもののように思えた。

「……王子様？」

自分の呟きにハッとなる。

――――もしかして……！

レイモンドは胸を高鳴らせながらもう一度男性に目をやった。

年齢は二十代半ば、二十二、三歳といったところだろうか。すらりとした長身で、均整の取れた体躯はまるで彫刻のようだ。同じ男でありながら思わず見惚れてしまうほどだった。

その男性が、少しずつこちらへ近づいてくる。

距離が縮まれば縮まるほど美しさは匂い立つようだ。秀でた額や男らしく切れ上がった眉からは聡明さを、目の覚めるような青い瞳や形の良い唇からは艶やかさを感じた。

襟や袖に刺繍の施された裾の長い上着が上品な彼によく似合っている。

——こんな素敵な方がこの世にいるんだ……

この目で見ているのにまだ信じられない。

衝撃のあまりため息を洩らすことさえできず、息を詰めて見守っていると、レイモンドの視線に気づいた男性がふとこちらを見た。

「……!」

その瞬間、彼は雷にでも打たれたかのように動きを止める。美しい青い瞳は見開かれ、戸惑《とまど》いと歓喜に揺れるのが少し離れたところからでも見て取れた。

「驚いた……なんと可憐な……」

ため息交じりに呟きながら男性が歩み寄ってくる。

そうしてレイモンドのすぐ前に立つと、彼は眩しいものを見るように目を細めた。

はにかむような笑顔に胸が高鳴る。王族の、それも年上の男性にこんなことを言ったら失礼だとわかってはいるけれど、なんてチャーミングな笑い方だろう。さっきまでの近寄りがたい雰囲気もどこへやら、途端に彼が身近に思えた。

だから自然と、レイモンドも頬をゆるめる。

男性は、側近が止めるのも聞かず、さらには弟を下がらせようとしたセドリックも目で制すと、レイモンドに話しかけてきた。

「出会えたことをうれしく思う。俺はシュタインズベリー王国第二王子、ブラッドフォードだ」

「……！」

その名を聞いた瞬間、頭の中で鐘が鳴る。

まさに奇跡が起きた瞬間だった。

――やっぱり、この方が……！

憧れのブラッドフォードだ。物語の登場人物としてしか知らなかった彼が、今、目の前にいる。

自分に話しかけてくれている。それはなんという奇跡だろう！

「レイ。……おい、レイ」

セドリックに小声で呼ばれ、レイモンドはハッと我に返った。

いけない。キングスリー家の男子たるもの、きちんと挨拶しなければ。

レイモンドは素早く身形《みなり》を確かめると、右手を胸に置き最敬礼を捧げた。

「お、お目にかかれて光栄でございます。ブラッドフォード王子殿下。これなるは、キングスリー公爵家次男、レイモンドでございます」

「レイモンドか」

「はい。殿下」

まっすぐブラッドフォードを見上げる。

こうしていると、サファイアを思わせる美しい瞳にこのまま吸いこまれてしまいそうだ。物語の中で「光り輝く麗しの王子」と称えられていたとおり、彼の周りだけがきらきら輝いて見える。

瞬きをする間も惜しんで見つめていると、ブラッドフォードが照れくさそうに笑った。

「そうジッと見られると面映《おもは》ゆいものだな」

「あっ、すみません。殿下があまりにお美しいので、つい……」

それが男性に使うべき讃辞かはわからないけれど、他にふさわしい言葉がない。

だから思ったままを正直に言うと、ブラッドフォードは少し驚いたような顔をした後で、ふっと
おだやかに笑みを洩らした。

「美しいとはおまえのためにある言葉だ。……あぁ、だから俺は目を逸らせなかったのか」

「え？」

「おまえがあまりに輝いて見えた。他のすべてが霞むほどにだ。今も、目を離すのが惜しい」

「え、えっと、その……」

それはどういう意味だろう。

そしてどうして自分と同じことを言うのだろう。

――ぼくにまで気を遣ってくださるのかな。王子様なのに、なんてやさしい方だろう。

うれしくなって微笑みかけると、ブラッドフォードもまた大輪の花が綻ぶようにふわりと笑った。

それはもう、一目で心が明るくなるような素敵な笑みだ。

「いい笑顔だ。レイモンド」

「殿下も、とても素敵です」

思ったままを素直に言うと、ブラッドフォードはますます笑みを濃くする。

そこへ、セドリックが立ち塞がるように割って入ってきた。

「殿下、私からもご挨拶を。レイモンドの兄の、セドリック・キングスリーと申します」

最敬礼を捧げるセドリックを見た途端、ブラッドフォードが王子の表情に戻る。

「見覚えがある。確か、父君とともに執政官を務めていたな」

「はっ。まだ補佐の身ではございますが」

「キングスリー家は代々執政官として王室を支える、この国にとって重要な家のひとつだ。父君である第一執政官も優秀な人物だと父上が申しておられた。その傍で学べるのはそなたにとっても、また父君にとっても幸せなことだろう」

「もったいないお言葉でございます」

セドリックが深々と頭を下げるのを見て、レイモンドも慌ててそれに倣《なら》った。

帰ったら一番に両親にこのことを報告しなくては。きっと大喜びするだろうし、キングスリーの家にとっても名誉なことだ。

ほくほくしながら父のことを考えていると、再びブラッドフォードに声をかけられた。

「レイモンド。今度はおまえのことを訊くが、街へはよく来るのか」

「いいえ。今日は一週間の謹慎を我慢したご褒美に、特別に連れてきてもらいました」

「ほう、謹慎か。いったい何をしたんだ」

「それが、家出しようとしたのを見つかって……むぐっ」

最後まで言い終わらないうちに横からセドリックに口を塞がれる。家の醜態を晒してはならないとの思いからだろう。ほとんど言ってしまったけれど。

案の定、時すでに遅く、ブラッドフォードは目を丸くした後で「はっはっは！」と大声で笑った。

「それはまた豪儀だな。大騒ぎになったろう」

「はい……とても反省しました」

「なるほど。それで一週間の謹慎か。それなら今日は、さぞやいい息抜きになったろうな」

「はい！　とっても！」

レイモンドはぶんぶん頷く。

「久しぶりに馬車に乗ったり、街を歩いたりしましたし、薬屋さんで珍しい薬草も見られました。何より、お会いしたいと願っていた殿下にお目にかかることができました！」

こんな素敵な日なんてない。

夢中で語るレイモンドに、ブラッドフォードはまたも目を瞠《みは》った。

「俺に、会いたかったのか？」

「あっ」

しまった。

「えっと、その……これには訳が……」

もごもごと言い訳しながら口を押さえる。なぜかと問われたら深くて長い理由があるのだけれど、いかんせん話すわけにはいかない。

どうしたものかと思っていると、ブラッドフォードがやさしく首をふった。

「どんな理由であってもいい。おまえが、俺に会いたいと思っていてくれたことがうれしい」

「殿下」

「俺も、おまえに出会えて良かったと思っている。おまえと同じくらいにな」

「もったいないお言葉です。でも、ぼくの方が良かったって思っていますよ。きっと」

「いいや。俺だ」

「いいえ。ぼくです」

じっと見つめ合った後で、どちらからともなく「ぷっ」と噴き出す。

「お互いに出会えて良かったと思えるのは幸運なことだ。まさに運命の出会いだな」

青く美しい目が細められるのを見て、胸がトクトクと早鐘を打った。

けれど、楽しい時間はあっという間だ。

「殿下。視察の途中でございます」

「あぁ、そうだったな」

ブラッドフォードが側近の耳打ちに小さく頷く。

「お引き留めして申し訳ございませんでした」

「それを言うのは俺の方だ。とても楽しい時間だった。もっとこうしていたかったんだが……」

「殿下」

「わかっている。コンラッド」

なおも急かす側近を制すると、ブラッドフォードは思案顔を向けてきた。

「レイモンド。確かめておきたいのだが……将来は、父君と同じく執政官になるつもりか」

「え、と……」

思わずセドリックと顔を見合わせる。

「お仕えすることが叶うのでしたら、代々受け継いできた仕事をぼくも全《まっと》うしたいと思っています。そうしてこの国のお役に立てればと」

「素晴らしい考えだ。キングスリー家は伝統と名誉を重んじる立派な家柄なのだな。だからこそ、おまえの兄君はその職にある。受け継ぐという意味ではすでに心配することもなかろう」

「殿下？」

突然どうしたのだろう。

不思議に思って見ていると、ブラッドフォードはなぜかレイモンドではなく、セドリックの方に向き直った。

「折り入って頼みたいことがある――単刀直入に言おう。レイモンドを傍に置きたい」

「なっ」

「ふぇっ？」

これにはセドリックも驚いたようだ。もちろん当のレイモンドもだ。ブラッドフォードの後ろで側近たちも目を瞠《みは》っている。

そんな中、一足早く冷静さを取り戻したセドリックが深々と頭を下げた。

「畏れながら、レイモンドはまだ十五歳になったばかり。社交界にも出ておりません。そのような未熟者では殿下のお役に立つのは難しいかと……」

「構わない。教育が必要なら城でやる」

「とんでもございません。臣下の身でありながら、どうしてそのようなお手間をおかけすることができましょう。まだまだ躾《しつけ》の行き届かぬ若輩者でございます。どうぞご容赦を」

いつになく硬い声音からセドリックの圧が伝わってくる。

それでもブラッドフォードは揺るがなかった。

「この出会いをただの偶然で終わらせたくない。こんなに心が高揚したのは生まれてはじめてだ。俺は、レイモンドともっと向き合いたいと思っている」

「ですが、殿下……」

「レイモンド。俺は本気だ。考えておいてくれ」

ブラッドフォードの強い視線に射抜かれる。

「また会おう」

彼はセドリックに視線を戻し、「そのつもりで」と言い置くと、そのまま立ち去っていった。

一部始終を見守っていた人々も三々五々に散っていく。

そんな中、セドリックがひとり長い長いため息をついた。

「父上にうれしいご報告ができると思った矢先に、まさか、こんなことになるなんて……」

「セディ兄様」

「考えてもごらん？　俺が、かわいい弟を手放すなんてできると思うかい⁉」

嘆くセドリックを侍従がそっと馬車に促す。

レイモンドもその後に従いつつ、兄には申し訳ないと思いながらも今しがたの出来事を反芻して胸を高鳴らせるのだった。

《ピンクムーンの月　第十三日》

信じられないことが起きた！　まさか、本当にあのブラッドフォード様と会えるなんて。

想像していた何倍も美しくて、やさしくて、なのに気さくで、とても素敵な方だった。

絵画から飛び出してきたような人っていうのは、ブラッドフォード様のことを言うんだな。

またブラッドフォード様にお会いしたいな。

そんなに何度も偶然は起こらないかもしれないけど……

5．舞踏会への誘い

運命の出会いから一週間が経った。

あの後、キングスリー家に衝撃が走ったのは言うまでもない。

セドリックから話を聞いた両親は驚き、はじめのうちこそ戸惑《とまど》っていたものの、しばらくすると「現実的な話とは思えない」という結論に達した。

長年王家に仕える父曰く、代々王室に貢献している家の息子ということで、社交辞令のつもりで傍に置きたいと言ってくれたのだろうということだった。

それが本当だったら寂しいけれど、納得したのもまた事実だ。

自分にはできることが少ない。社交の知識もなければ人生経験も乏しく、雑談の相手ぐらいしか役に立てない。そう思うと、やはりあれは彼なりのやさしい気遣いだったのだろう。

それでも、心のどこかで期待してしまう。

会いたい気持ちを密かに持ち続けながら、レイモンドは淡々と日々を過ごした。

その日は、久しぶりに家族揃って夕食を摂った。

食後に談話室で寛いでいると、ランチェスターが慌てた様子で銀のトレイを手にやってくる。

「レイモンド様。たった今、お手紙がまいりました」

「手紙？　ぼくに？」

この家に届く手紙のほとんどは父か兄宛てで、それ以外は母へのお茶会の招待状だ。レイモンドに届くものなんてほとんどない。

不思議に思いながら銀盆から手紙を取り上げたレイモンドは、二頭の鷲《わし》の封緘《ふうかん》を見てハッとした。シュタインズベリーの国章だ。これが使えるのは王族の中でも限られた人間だけだと聞いたことがある。

「王室からです」

「なんだって！」

セドリックが弾かれたように立ち上がった。ダニエルやマリアもだ。

「どうしてレイモンドに」

「どなたからなの」

皆が固唾《かたず》を呑んで見守る中、レイモンドは慎重に封緘《ふうかん》を開けた。

手触りの良い紙を開くと同時に花の芳香がふわりと香る。

真っ先に目に飛びこんできたのは覚えのある名前だった。

「ブラッドフォード殿下からです」

この一週間、片時も忘れたことのなかった人だ。

――この出会いをただの偶然で終わらせたくない。

別れ際の言葉が蘇《よみがえ》る。

胸を高鳴らせながら文面に目を走らせたレイモンドは、さらに驚くこととなった。

「二ヶ月後、お城で開かれる舞踏会に招待したいって書いてあります」

「なんと」

「また会おうって、本当だったんだ……」

そう。だってあの方は言っていた、「俺は本気だ」と。

「『そのつもりで』というのは、こういう意味だったのか」

横から覗きこんだセドリックが頭を抱える。

両親も渡された手紙を一読し、ふたり同時にため息をついた。

「殿下はそこまでレイを気に入ってくださったのか」

「大変光栄ではあるけれど……レイモンドはまだ社交界にも出ていないんですよ。それがいきなり舞踏会だなんて、殿下にご迷惑をおかけでもしたら……」

「確かに、それはそうだが……」

「でも、殿下直々のお誘いを断るわけにはいかないのでしょう?」

レイモンドの言葉に、両親は戸惑《とまど》いに顔を見合わせる。

「おまえの言うとおりだ。この件は私が預かろう」

手紙をレイモンドに返しながらダニエルは唇を引き結んだ。

「おまえは未成年だ。招待の返事は、一家の長である私から出すべきだからね」

「父上。まさかレイを行かせるおつもりですか」

すかさずセドリックが父に詰め寄る。

「レイに舞踏会は早すぎます。女性と手をつないだこともないレイが、誰かとダンスを踊るなんてあり得ません。まずは俺と踊ってから……そう、俺が手取り足取りダンスのレッスンをしてからでなければ外に出すなんてとてもとても……いやもういっそ、舞踏会など行かずに屋敷で……」

「セディ。おまえは少し落ち着きなさい」

「俺は落ち着いています。至って冷静そのものです」

大真面目に返すセドリックに、ダニエルはやれやれと嘆息で応えた。

「とにかくだ。ブラッドフォード殿下がレイをお誘いくださったのには何かお考えがあるのだろう。これは王室主催の舞踏会だ。王の御前で不敬を働く輩もおるまい」

「それは、そうかもしれませんが……」

「レイにはダンスのレッスンを受けさせよう。社交マナーも身につけておかねばな。私たちがしてやれる最大限で送り出してやるつもりだ」

「父上」

「そう心配するな。なに、一夜限りの舞踏会だ。たまには羽目を外すのもいいだろう」

ダニエルがそう言ってこちらにウインクを投げてくる。

父の許しに胸を高鳴らせつつ、レイモンドは手紙を抱き締めるのだった。

6. 会いたい気持ち

「……ふう」

後ろ手に自室のドアを閉めながら、レイモンドは小さく息を吐いた。

まさか、彼から手紙が来るなんて。

それも、舞踏会に招待されるなんて。

信じられない出来事に足元がまだふわふわしている。レイモンドはいつものように机に向かうと、封緘《ふうかん》の解かれた手紙をもう一度開いてみた。

「親愛なるレイモンドへ――」

そんな書き出しに胸が高鳴る。

自分のために忙しい合間を縫って書いてくれたものだと思うととてもうれしい。あの美しい手にペンを持ち、インク壺に浸したペン先を滑らせて一字一字綴《つづ》ってくれたのだ。流れるような筆跡にブラッドフォードのやさしい気持ちまでこめられているようで、レイモンドは無意識のうちに指で字をなぞった。

「きれいな字だな……」

自分よりずっとうまく、大人びた文字が並ぶ。

物語でしか知らなかった彼はこんな字を書くのだ。こんな文章を綴《つづ》るのだ。ブラッドフォードの人物像が少しずつでき上がっていくのが新鮮で、とても楽しい。伶だった頃には想像もしなかったことだ。

「こういうのを役得って言うのかな」

ふふっと笑みを洩らしつつ、レイモンドはあらためて物語と現実について思いを巡らせた。

もしここが本当に『シュタインズベリー物語』の世界そのものだったとして、ブラッドフォードからの招待を受けるということは、自分が毒殺する相手に近づいていくということだ。悪役令息としての大きな一歩を踏み出すようで怖くもあった。

けれどその一方で、これまで何度も読み返したほど大好きな物語の、思い入れのある登場人物に会えた喜びはレイモンドの心を大きく打った。

実際に会って話したからこそ感じられたブラッドフォードの誠実な人柄は、物語を読むだけではわからなかったことだ。はにかんだ笑顔も、別れ際の眼差しも、自分のために書いてくれた手紙も、本の外側からは得られなかった。

「殿下のこと、もっと知りたい」

自然と言葉が口をついて出る。

――俺は、レイモンドともっと向き合いたいと思っている。

くすぐったいような、そわそわと落ち着かないような気持ちを抱え、レイモンドはそっと手紙を抱き締めた。

その途端、花の香がふわりと香る。きっとブラッドフォードの香水の香りだ。

「また会いたいな。ぼくも、もっと向き合ってみたい」

こんなふうに思えた人ははじめてだった。

悪役令息になるつもりはない。そんなことは自分自身が許さない。

一方で、舞踏会ならたくさんの人の目があるだろうし、自分も生まれてはじめての華やかな場に馴染むので精いっぱいで、毒殺なんてことにはつながらないはずだ。

——何より、あの方にまた会いたい。

レイモンドは大切な手紙を日記帳に挟むと、二ヶ月先に思いを馳せるのだった。

7．未来を変える日記

舞踏会に向けて、レイモンドの日常は大きく変わった。

家庭教師の授業だけでなく、社交ダンスやマナーのレッスンも加わった生活はとてもハードだ。

おかげで朝から晩まで毎日があっという間に過ぎていく。

「ふー。疲れたぁ……」

ようやく今日の分の課題を終え、レイモンドは大きく伸びをした。

新しいことが次々詰めこまれるので大変だけれど、おもしろいし、毎日がとても充実している。

気分転換に夕暮れの庭を散歩しようかと階下へ降りたところで、ちょうど帰ってきたセドリックと鉢合わせた。

「セディ兄様、お帰りなさい！」

遅い時間に帰ってくることが多いのに、今日はまたずいぶん早い。

喜んで駆け寄っていったレイモンドだったが、肝心のセドリックが浮かない顔をしていることに気づいて足を止めた。

「あれ？　あんまりお顔の色が良くないみたいです」

「うん。さすがに疲れた……」

「何かあったんですか？」

下から顔を覗きこむと、セドリックは大きくため息をつく。

「お城がちょっとゴタゴタしていてね。父上と一緒に話したことがあったろう。あれが、いよいよ本格的になってきた」

「確か、権力争いがあるって……」

「そう。一度話しただけなのによく覚えていたなぁ。さすがは自慢の弟だ」

セドリックは微笑むと、「ちょっとエネルギー補給させてくれ」と言ってレイモンドをぎゅっと抱き締めた。セドリックには時々こうしてぬいぐるみのように抱っこされることがある。

レイモンドがおとなしくしていると、ほどなくしてセドリックは腕を放した。

「レイのおかげで元気になった。これでまた頑張れるよ」

「セディ兄様……」

余計な心配をかけないように話を切り上げようとする気配を察して、レイモンドはとっさに兄の手を取った。

「あの、良かったら詳しく聞かせてください」

「聞かせるって……ゴタゴタの話をかい？　どうしたんだ、急にそんなことを言い出すなんて」

「ぼくもお城のことを理解したいんです。セディ兄様や父様のいるところだから」

それに、ブラッドフォードがいるところでもある。

思いをこめて手を握ると、セドリックは「わかったよ」とやさしく手の甲を叩いた。

「おまえが興味を持つとは思わなかったな。それじゃ、俺は着替えをしてくるから、レイは自分の部屋で待っておいで。すぐに行くから」

「わかりました！」

レイモンドはくるりと踵《きびす》を返して階段を駆け上がる。

途中で侍女にお茶の支度を頼むと、急いで部屋に駆けこんだ。普段から散らかしているつもりはないけれど、せっかくセドリックが来てくれるならきちんとしておきたい。

書見台に開きっぱなしにしていた本を閉じ、ペンなどを片づけていると、ほどなくノックの音に続いてセドリックが顔を見せた。後ろにはティーワゴンを押した侍女の姿もある。

「レイ。お待たせ」

「セディ兄様。こちらへどうぞ」

セドリックをソファに案内し、レイモンドも隣に座る。

侍女はふたりの前に紅茶を置くと、一礼したのち出ていった。

「セディ兄様とお部屋でお茶を飲むのは久しぶりですね」

「昔はよくこうしてふたりで秘密のお茶会をしたね。兄様は好きだったんだけどな」

「ふふふ。ぼくもですよ」

家族みんなで過ごすのも好きだけれど、兄とふたりで語らう時間もとても楽しい。

そう言うと、セドリックは感極まったように両手で顔を覆った。

「かわいいレイと、ずっとこうしていられたらいいのになぁ」

「お仕事、大変なんですもんね」

「うん。それもあるね」

現実に戻ったのか、セドリックはやれやれと嘆息しながらティーカップに手を伸ばす。そうしてあたたかなお茶で舌を湿らすと、彼は執政官補佐の顔になった。

「さっきの話だけど、実は、ラッセル兄弟のせいで城内がゴタついているんだ。ラッセル公爵家は王族に当たる方々でね、ふたりはブラッドフォード様の従兄弟なんだ」

「……！」

ラッセル兄弟の名を聞いた瞬間、ビクッとなる。

カップを取り落としそうになった弟を見て、セドリックが首を傾げた。

「どうかしたかい？」

「い、いえ……」

「このふたりにお目にかかったことはないだろう。それとも、何か知っていることでも？」

「えっと、その……レ、レッスンで習いました。社交マナーの一環で」

「あぁ、そういうことか。きちんと覚えていて偉いぞ」

セドリックがうんうんと頷く。

レイモンドは嫌な汗をかきながら曖昧《あいまい》に笑うしかなかった。

レッスンで習ったなんて嘘だ。

本当は知っている。ふたりが『シュタインズベリー物語』の登場人物であることを。

片やブラッドフォードを侮辱し、もう一方はレイモンドに罪を擦りつけた上で一家全員を処刑に追いこんだ張本人だ。忘れたくとも忘れられるものではない。

兄のグレアム・ラッセルは欲望に忠実なタイプで、ほしいものはどんな手を使っても手に入れる野心家だ。王族でありながら気品とは縁遠く、権威を笠に着て放蕩三昧をくり返している。

反対に、弟のランドルフは冷静沈着な策略家で、冗談が通じないタイプだ。王族らしからぬ振舞いをする兄を内心軽蔑しており、自分こそが玉座にふさわしいと虎視眈々と狙っている。

ともに、ブラッドフォードに次ぐ王位継承順位を有するふたりだ。

そんな彼らのせいで城の中がゴタついているとは、いったいどういうことだろう。

目で問うと、セドリックは困り顔でため息をついた。

「どちらも『自分の方が次期国王にふさわしい』と主張している。陛下は第二王子であるブラッドフォード殿下に王冠を譲られるおつもりのようだが、それに納得いかないようでね。派閥を作ってお互いに相手を煽ったり、政務を邪魔し合ったり……困ったものだ」

「そんなことをするんですか」

まるで子供の喧嘩だ。

そう言うと、セドリックは同意とばかりにため息で応えた。

「そんなことをするんだよ、いい大人が……びっくりするだろう？　そのたびに仕事が増えたり、滞ったり、やり直しになったりする。当然やるべきことは進まない。陛下も案じておられる」

想像しただけで気が重くなる。これでは疲れるはずだ。

「兄弟で諍《いさか》いの絶えないおふたりだが、ブラッドフォード殿下が相手となると途端に結託するのが厄介なんだ。そもそも、本来であれば第一王子であるアーサー様が跡目を継ぐべきところ、継承権を放棄なさった関係で第二王子のブラッドフォード様が継承権第一位にくり上がった。それを間近で見ているおふたり、特に兄のグレアム様は、もう一度同じことをやろうとお考えのようだ」

「同じことって、つまり……」

「何らかの手段でブラッドフォード殿下に継承権を放棄させて、自分が王冠を被る」

「それは王位簒奪《さんだつ》って言うんじゃ……！」

つい大きな声が出てしまい、セドリックに慌てて口を塞がれた。

「そう。力で王位を奪おうとしている。それは絶対にやってはいけないことなんだ。そんなことをしたら、このシュタインズベリーの歴史が血で血を洗うものになってしまう」

「どうしよう……」

このままでは城が争いの舞台になってしまう。

ぶるりと身をふるわせると、セドリックにやさしく肩を引き寄せられた。

「怖がらせてしまったな。大丈夫、この件は俺たちでなんとかする。城の外まで騒ぎが広がらないようにするよ。この国が正しく続いていくようにね。だから、いいかい。今兄様から聞いたことは秘密だよ？　できるね？」

「でも……」

「レーイ。いい子のお返事は『はい』だよ」

セドリックは微笑みながらも有無を許さない目をする。こんなところは年の功だ。

「わかり、ました」

「うん。よくできました」

彼は満足げに頷くと、半分残った紅茶を飲み干した。

「それよりレイは、もっと自分のことを心配しなくちゃね。ダンスは踊れるようになったかい？　マナーも全部覚えた？」

「うっ……それは、その……」

痛いところを突かれて、途端にたじたじとなる。なにせついていくので精いっぱいで、ダンスも会話もとても披露できるレベルではない。

急に慌て出した弟を見てセドリックがくすくす笑った。

「レイはどんなふうに踊るだろうなぁ。きっとみんなの注目の的だろうね。あぁ、レイに悪い虫がついたらどうしよう。いっそ俺も舞踏会についていこうか」

「もう。セディ兄様ったら」

いつものように、でも半ば本気で心配し出した兄にレイモンドもつい笑ってしまう。

そんな弟に安心したように頷くと、セドリックはソファを立った。

「さて、ごちそうさま。俺は一度部屋に戻るよ。仕事があってね」

「まだお仕事をされるんですか！　無理はしないでくださいね、セディ兄様。それから、話してくださってありがとうございました」

「かわいい弟の頼みだからね」

ウインクしながら唇に人指し指を当て、内緒のポーズで念押しの口止めをすると、セドリックは「それじゃ、また夕食で」と言って部屋を出ていった。

パタンと閉まるドアを見つめながら、レイモンドは長いため息をつく。

ひとりになると途端に重たいものが胸を塞いだ。

「ラッセル兄弟が……」

『シュタインズベリー物語』でも彼らは王位を狙って騒ぎを起こした。

それとまったく同じことが現実の世界でも起こりはじめている。まさに物語の筋書きどおりだ。このままではブラッドフォードが事実無根の噂を流され、そしていつか自分も彼を――

「……あれ？」

そこまで考えて、ふと、不思議なことに気がついた。

今ここが物語の中というのなら、起きたことはすべて本に書かれてあるはずだ。

けれど自分の記憶が確かならば、側仕えになる少年が街で王子と出会ったり、舞踏会に誘われるエピソードは物語にはなかった。

「なんでだろう……？」

物語と現実は別物なのだろうか。

それとも、物語に書かれていないこともここでは起こるのだろうか。

たとえば、登場人物の気分次第で新しいエピソードが追加されるようなことが……？

「あ！」

――魔法使いになったみたいだろう？

セドリックの言葉を思い出した。

「まさか」

急いで机に駆け寄り、引き出しにしまっておいた日記帳を取り出す。

ペンタグラムとウロボロス――五芒星《ごぼうせい》と円環の蛇を撫で、そのまま革の表紙を捲った。

一番最初のページにあるのはレイモンドが自ら書いた言葉だ。

《第一葉》
これは、レイモンド・キングスリーによる日々と願いの記録である。
ペンタグラムとウロボロスによってすべての言葉が守られんことを。

「もしかして、ペンタグラムとウロボロスがぼくの願いを叶えてくれた？」

この日記帳をもらってすぐ、ブラッドフォードに会いたいと書いた。

実際に彼に会ってからもまた会いたいと書いた。

そしてそのどちらもが数日のうちに叶っている。まるで、レイモンドの願いを聞き届けてくれたかのように。

「本当に『魔法の書』だ……」

こんなことが起こるなんて。

まだ信じられない思いを抱えつつ、レイモンドは日記帳を見下ろした。

「これに書けば、どんな願いも叶うのかな」

もしそうだとしたら、心配事はすべて解決する。自分はブラッドフォードを毒殺しなくて済むし、悪役令息として断罪されることも、家族を皆殺しにされることもない。万々歳だ！

「よし。さっそく実験してみよう」

レイモンドはいそいそと椅子に座り、日記帳に向き合った。

これまでは、「いつかこうなったらいいな」と思うことを書いてきた。

今度は、「この日に、こんなことが起こる」と断定したらどうだろう。

未来の日付で、未来に起こることを日記として記すのだ。本来の使い方とはちょっと違うけれど、その分、ピンポイントで願いごとが叶えられるんじゃないだろうか。

未来予想とは違う。

これは、未来に起こることを自分が決める、未来の日記だ。

「『未来日記』って呼ぶことにしよう」

一度日記帳を閉じ、ペンタグラムとウロボロスの上に右手を置いて誓いを立てる。

それから新しいページを開くと、レイモンドは羽根ペンのペン先をそっとインク壺に浸した。

今日は二十二日だから、試しに明日の日付で書いてみよう。

どんな内容にしようかと考えて、一番はじめに浮かんだのがブラッドフォードのことだった。

――もう一度、ブラッドフォード様に会いたい。会っていろいろな話がしたい。

レイモンドはインク壺からペン先を引き上げると、一文字一文字祈りをこめて認《したた》めた。

書き終わると同時に侍従がやってきて、夕食の支度が調ったことを告げる。

レイモンドは日記帳を閉じると、大切に引き出しにしまい、階下へ降りるべく踵《きびす》を返した。

《ピンクムーンの月　第二十三日》
今日は、マーケットでブラッドフォード様にお会いした。
たくさんお話できてうれしかった。
気さくに話しかけてくださったおかげで、前より親しくなれた気がする。

8. 運命の再会

翌日、レイモンドは兄とともに街の教会を訪れた。

日曜の朝は礼拝に参加し、国と人々のために祈ることも大切な家訓のひとつだからだ。

いつもなら家族皆で来るのだけれど、両親は体調を崩した親戚を急遽見舞いに行かねばならず、今日はセドリックとふたりで祈った。

子供の頃から通い慣れた場所だ。

礼拝を終えて外に出ると、広場の方がにぎやかなことに気がついた。色とりどりのテントが並び、風に乗って威勢のいい呼びこみや人々の笑い声が聞こえてくる。

「セディ兄様。あれ何でしょう」

「楽しそうだね。市が出てるんじゃないかな？」

セドリックも珍しく目を輝かせている。いつも忙しそうにしている彼が胸を躍らせているのだと思うとうれしくて、レイモンドはパッとその手を取った。

「行ってみましょう！」

「おっと……！」

返事も待たずに走り出す。

こんなにうきうきした気分は久しぶりでくすぐったいほどだ。

「うふふ。なんだかお祭りみたいですね」

「もうすぐイースターもあるから、今日は予行演習だ」

顔を見合わせ、子供のように笑い合いながらふたりは広場へ入っていった。

屋台には堆《うずたか》くチーズが積まれ、鉄板の上ではソーセージがじゅうじゅう音を立てて焼かれている。

そして広場の真ん中では、木の棒に吊るされた豚が一頭豪快に丸焼きにされていた。

「うわぁ、すごい！」

子供たちは人形劇もそっちのけで、目を丸くしながら豚の丸焼きを見つめている。

「レイも、はじめて見た時は動かなくなったなぁ。びっくりして目がまん丸になって」

当時のことを思い出したのか、セドリックが懐かしそうに笑った。

「『豚さんを助けてあげて』って泣いちゃってね。ちっちゃいレイはかわいかったなぁ」

「も、もう。忘れてください」

「とんでもない。レイとの思い出は俺の大事な宝物だからね」

「むー」

唇を尖らせると、それすら微笑ましくてたまらないのか、セドリックがまた笑う。

大好きな兄の笑顔を見ているうちにいつまでも拗ねてはいられなくて、結局レイモンドも一緒になって笑ってしまった。

そのうち人も多くなってきたため、セドリックを先頭に前後になって漫《そぞ》ろ歩く。

「わぁ、見てくださいセディ兄様。あんなに大きなお肉が……わっ！」

よそ見をした瞬間、ドン、と何かにぶつかった。

蹌踉《よろ》けた身体を誰かがサッと受け止めてくれる。

「すまなかった。怪我はないか」

「いえ、大丈夫で……」

話しながら顔を上げたレイモンドは、驚きのあまりそのままの姿勢で固まった。そこにいたのはなんとブラッドフォードだったからだ。

「え？　で、殿下……？」

目を丸くするレイモンドに、ブラッドフォードは人指し指を唇に当てて「シーッ」とする。

それから彼は、くすくす笑いながら片目を瞑《つむ》った。

「今日は公務ではないのだ」

言われてみれば、はじめて会った時に比べてずいぶん目立たない格好をしている。側近がひとりついているだけだから、きっとお忍びなのだろう。

――――本当に、会えた……

『未来日記』に書いたとおりになった。

信じられない思いで見上げるレイモンドに、ブラッドフォードが目を細める。

「まさかこんなところで会うとはな。レイモンド、あれから元気にしていたか」

「……！　ぼくの名前、覚えていてくださったんですか」

「運命の出会いを忘れるわけがない。それに、手紙も出したろう」

「そ、そっか。そうでした……えへへ」

再会できたうれしさとドキドキで、自分でも何を言っているかよくわからない有様だ。

照れ笑いをしていると、レイモンドがはぐれたことに気づいたセドリックが慌てて戻ってきた。

彼はブラッドフォードに気づくなり、その出で立ちから事情を察して敬礼ではなく会釈をする。

「このようなところでお目にかかりますとは……」

「あぁ、ちょっとした息抜きにな」

ブラッドフォードが小さく肩を竦める。

それを見て、セドリックは執政官としての顔になった。

「僭越《せんえつ》ながら、ご心中お察し申し上げます」

「おまえたちにも苦労をかける」

「畏れ多いお言葉でございます」

深々と一礼するセドリックに微笑で応えると、ブラッドフォードは再びこちらを向いた。

「おまえたちも息抜きか？　それとも、また謹慎明けのご褒美か？」

「ち、違いますよ！」

慌てて言い返してから、からかわれたのだと気づいてももう遅い。

それでもブラッドフォードが楽しそうに笑うから、そういうのもいいかなと思えた。

「今日は、教会の帰りにたまたま立ち寄ったんです。お祭りみたいで楽しそうだなって……」

「そうか。こうして会えたのは大変な偶然だったのだな」

「偶然なんかじゃありませんよ。実は……」

勢いよく日記のことを打ち明けそうになり、すんでのところで思い留まる。なんとなくだけれど、別名『魔法の書』のことは自分だけの秘密にしておこうと思ったのだ。

「す、すみません。なんでもありません」

「なんだ。おかしなやつだな」

ブラッドフォードが苦笑に眉尻を下げる。

「それより、せっかくこうして会ったのだ。一緒にティータイムを楽しもう」

その一言で一同は広場の外に場所を移した。視察の際に彼がよく立ち寄る茶屋なのだそうだ。

お気に入りという席に腰を落ち着けると、ブラッドフォードはうれしそうに口を開いた。

「昨日、返事を受け取った」

「返事……？　あ、舞踏会の件ですね」

「一方的にあんなものを送って機嫌を損ねたらと危惧していたが、快く招待を受けてくれたことに感謝している」

「とんでもありません。ぼくの方こそ、お招きいただき光栄です」

「それを聞いて安心した。おまえを迎えられることをとても楽しみにしている」

「はい。ぼくも。ですが……」

様々な心配事が脳裏を過《よぎ》る。

舞踏会と聞いて、はじめはどんな華やかな場なのだろうとわくわくしていたものの、ふと現実に戻って考えてみるとダンスやマナー以前の問題が山積みだったことに気がついたのだ。

「お恥ずかしいのですが、ぼく、ひどい方向音痴なんです。ひとりだと必ず迷子になるほどで……だから、お城の中でそんなことになったらと思うと……」

舞踏会を中座したが最後、二度とフロアに戻れなくなるかもしれないし、下手したら会場自体に辿り着けないかもしれない。

思いきって打ち明けたレイモンドに、ブラッドフォードは何でもないことのように肩を竦めた。

「それなら、俺が城内を案内しよう」

「え？　殿下が、ですか？」

「確かに城の中は広い。おまえの言うように迷子になるものだってたくさんいる。だが、慣れれば怖いことは何もない。約束しよう」

ブラッドフォードがやさしく微笑む。

彼の厚意に甘えてもいいなら、心配事の半分は消えるかもしれない。

「もう不安はないか？　……いや、まだある顔だな」

「う……」

言い当てられて答えに詰まるレイモンドを見て、ブラッドフォードはまたもくすくす笑った。

「この際だ。全部言え」

「は、はい。……その、ぼくはまだ社交の場に出たことがありません。舞踏会に出られたとしても緊張でガチガチになると思いますし、ダンスもまだ下手っぴで……あっ、でも練習はしています！　なかなか上達しませんけど、頑張ってはいるんです！」

やる気だけは誰にも負けないほどなのに、悲しいかな、右手と右足が一緒に出てしまうレベルの運動音痴だ。さりげなく女性をリードするなんてできないし、足を踏まない自信もない。

「心配するな。俺だって最初はガチガチに緊張した」

「えっ。本当ですか？」

意外だった。堂々としていて、何でもできそうな人なのに。

思ったことが全部顔に出ていたのだろう。ブラッドフォードがまたも眉尻を下げて笑った。

「こればかりは慣れだ。場数を踏んで一人前になる。最初は誰だってうまくいかなくて当然だ」

「そうなんですね」

「あぁ。だから無理矢理自信を持とうなんてしなくていい。できなくて当たり前、それでいい」

ブラッドフォードがきっぱり言いきる。

覚悟していたのと反対のことを言われ、驚くと同時に気持ちがふっと軽くなった。

「びっくりしました。うまくやらなくちゃって思っていたので……」

「そんなものはダンス好きの連中に任せておけ。彼らにはとっておきの舞台だろう」

「なるほど」

「もちろん、おまえがダンスを好きになって、もっとうまくなりたいと思うのは素晴らしいことだ。好きになれば夢中になる。夢中になればうまくなる」

ブラッドフォードが青い瞳を輝かせる。

もしかしたら、彼はダンスが好きなのかもしれない。だから自分を舞踏会に誘ってくれたのかもしれない。

――ブラッドフォード様のお好きなものなら、ぼくもちゃんと理解したいな。

これまでにない、新しい気持ちが胸に芽生えた。

「ぼく、ダンスが好きになりたいです。楽しんで踊れるように」

「そうか。何事も楽しむことが大切だからな。良かったら俺がコツを教えよう」

「わぁ！　……いえでも、さすがにそれは畏れ多いと言いますか……」

「俺がそうしたくて言っている。嫌ならもちろん断ってくれて構わないが」

「嫌だなんて」

「ならば、変に遠慮することはない。夢中になるおまえを見守るのも俺の特権というものだ」

得意げに笑うブラッドフォードを見ていると、何でもできそうな気がしてくる。こんな気持ちは生まれてはじめてだった。

「二ヶ月後が楽しみだな。その時はレイモンド、俺と踊ろう」

「男のぼくでいいんですか」

「男同士で踊ってはいけない決まりはない。俺はレイモンド、おまえと楽しみを分かち合いたいと思って誘っている。それではいけないか」

「殿下……」

「おまえとは運命的な出会いを果たし、またこうして再会することができた。この縁を俺は大切にしたいと思っている」

ブラッドフォードの眼差しに熱が籠もる。

見つめられているうちに頬が熱くなるのが自分でもわかった。レイモンドは言葉もなく、美しい瞳を見つめ返す。

そこへ、セドリックが割って入ってきた。

「殿下。これまでのお話を聞かせていただきまして、畏れながら申し上げたいことがございます」

その瞬間、ブラッドフォードの纏う空気が変わる。

「身に余るお申し出の数々、心より感謝を申し上げます。ですが、殿下のお手を煩わせるわけにはまいりません。レイモンドの躾《しつけ》でしたらすべて当家で行いますので」

「構わない。俺がそうしたいと思っている」

「ですが、レイモンドは出仕前の身。それを頻繁に殿下のもとに通わせては城のものたちに示しがつきません。ただでさえ今は些細なことも綻びとなる可能性のある時です。どうぞお控えくださいますように」

「……なるほど。おまえの言うことも一理ある」

ブラッドフォードは何かを考えるように一点を見つめていたが、すぐに顔を上げ、思いがけない提案を寄越した。

「ならば、レイモンドを正式に俺の傍に置くことにしよう。そうすれば余計な波風も立つまい」

「なっ」

セドリックがこれ以上ないほど目を見開く。

やり取りを見守っていたレイモンドもだ。まさか、そんな話になるとは夢にも思わなかった。

――もしかして、あんな日記を書いたから……？

以前、またブラッドフォードに会いたいと書いた時、「そんなに何度も偶然は起こらないかもしれないけど……」とつけ加えたことがあった。だからウロボロスたちが気を回して、ずっと願いが叶うようにしてくれたということだろうか。

「レイモンド。これからは毎日、城で会おう」

ブラッドフォードに微笑みかけられて我に返る。

決定事項となりつつあることに慌てたセドリックがブラッドフォードに躙《にじ》り寄った。

「お待ちください。レイモンドはまだ十五歳になったばかりでございます」

「人間、年齢よりも中身が大事だ。俺が兄上の継承順を引き継いだのは十三歳の時だった」

「それはそれ、これはこれでございます」

「十五だろうと仕事は勤まる。そうなるように俺がする。それで問題はないだろう」

ブラッドフォードは譲らない。

けれど、セドリックもまた譲らなかった。その横顔には「かわいい弟を自分の目の届くところに置いておきたい！」と書いてある。

「殿下がレイモンドを気に入ってくださったことはとてもありがたく、光栄なことでございます。

ならばせめて、私と同じく執政官補佐に取り立てていただけませんでしょうか。それでしたら父や私が指導いたしますので……」

「いいや。俺の傍に置きたい」

「殿下」

「我儘を言ってすまないな。……レイモンド、おまえにも無理を言う」

熱を帯びた眼差しを向けられ、心臓がドクンと跳ねた。

「この話、おまえはどう思う。黙っているところを見ると気が進まないか」

「いいえ。そんな……ただ、びっくりしてしまって……」

「そうか。ずいぶんおとなしいから心配した。嫌われてしまったかと思ったぞ」

「まさか！　殿下を嫌いになるだなんて、そんなこと絶対にありません！」

少しも誤解してほしくなくて、ぶんぶんと力いっぱい首をふる。

そんなレイモンドに、ブラッドフォードはうれしそうに目を細めた。

「それを聞いて安心した。ならば、善は急げだ。少しでも慣れておいた方がいいだろうからな」

「え？」

「このまま城に連れて帰ろう。……コンラッド」

「はっ」

ブラッドフォードの目配せで、どこからともなく側近の男性が現れる。彼は主人の意を汲むと、すぐに支払いや馬車の手配に動き出した。

そんな中、レイモンドは目を丸くしてセドリックと顔を見合わせるばかりだ。

先に我に返ったのは兄だった。

「殿下。この件はせめて、両親に話すまでお待ちいただけませんか」

「あの、ぼくも、お城に行くのになんの支度もしていません」

「心配するな。キングスリー家には追って正式な使者を出そう。それから、レイモンド。おまえが用意しなければならないものは何もない。その身ひとつで城に来てくれ」

「殿下……」

「俺の傍にいてほしい」

ストレートに告げられ、心臓が大きくドクンと鳴った。

王族とそれ以外という決定的な身分の差があるにもかかわらず、こんなにも向き合ってくれる。まだ一人前にすらなっていない自分をこんなにも必要としてくれる。何もできないに等しい自分を、それでいいのだと強く背中を押してくれる。

これまで守られるばかりだった自分が、別の自分になっていくような不思議な気分だ。

――ブラッドフォード様のお傍に行ってみたい。そして、今度はぼくがお役に立ちたい。

その思いは、自分でも驚くほどすとんと胸に落ちてきた。

「殿下のお申し出、謹んでお受けいたします」

「レイ！」

レイモンドが思いを告げるや、セドリックが大慌てで揺さぶってくる。

「おまえ、また別のところに行きたくなったのかい⁉　何もそんな急いで決めなくても……」

「立派なお役目ができたんですよ。頑張ってきますね、セディ兄様！」

「レイ〜〜〜」

涙目の兄に別れを告げ、ブラッドフォードに手を取られて用意された馬車に乗りこむ。

かくして、レイモンドは一路城へと旅立つのだった。

9．悪役令息、城に上がる

道中はすべてが快適だった。

さすが王室御用達の馬車は乗り心地がまるで違う。

椅子や背凭《せもた》れだけでなく、扉の内側も、天井までクッションつきのビロードで覆われ、あらゆる衝撃を吸収する造りになっている。椅子自体もやわらかく、ずっと座っていたくなるほどだ。

それらに感心したり、ブラッドフォードとの会話を楽しんだりしているうちに、あっという間にお城についた。

馬車留めでは、厳つい護衛や、黒いお仕着せに身を包んだ侍従たちが出迎えている。

馬車を降りた瞬間、目の前に現れたのは巨大な石造りの要塞だった。

「うわぁ！　すごい……」

天を突くような尖塔群といい、堂々とした佇《たたず》まいといい、想像より遥かに大きくとても立派だ。大きな建物なんて屋敷や教会ぐらいしか知らないレイモンドは圧倒されるばかりだった。

「これがシュタインズベリー城だ。気に入ったか」

先に馬車を降りていたブラッドフォードがふり返る。

レイモンドは目をきらきらと輝かせながら力強く頷いた。

「はい、とっても！　こんな立派な建物を見るのははじめてです」

「そうか。それは良かった。さぁ、中に案内しよう」

さりげなく腰に腕を回され、ドキドキしながら城内へ一歩踏み出す。

その道中、ブラッドフォードは侍従に客人用の部屋を用意するよう指示を出した。不思議そうに見上げるレイモンドに向かって、彼は小さく肩を竦める。

「使用人たちの部屋に移るのは顔合わせが終わってからの方がいいだろう。今日のところは客間で過ごしてくれ」

なるほど。いろいろ手順というものがあるようだ。

「お気遣いありがとうございます。……でもあの、ぼくなら家から通えますよ？」

キングスリー家の男子たるもの、いついかなる時でも城に参上できるようにと教えこまれている。だからいつ呼び出してもらっても構わない。

そういう家訓だからと説明してみたのだけれど、ブラッドフォードは首をふるばかりだ。

「それでは大変だろう。おまえに余計な負担をかけたくない」

「ですが……」

「まぁ、それは建前で、本当は俺が傍にいてほしいのだ。子供のような理由ですまないが」

照れくさそうに苦笑するのを見て、心臓が大きくドキンと跳ねた。さっきまであんなに大人びた顔をしていたのに、急にはにかんで笑われたりしたらこちらの方が照れてしまう。

「そ、そういうことでしたら、畏《かしこ》まりました」

なんとかそれだけを絞り出すと、レイモンドは赤くなった頬を見られないよう、下を向きながらブラッドフォードについていった。

広いエントランスを抜けて大理石の階段を上がり、絨毯《じゅうたん》敷きの廊下を進んでまた階段を上る。

「さぁ、ここだ」

連れていかれたのは、簡易的な滞在のための一室だった。

ベッドが一台、それから衣装をしまうためのチェスト、それに鏡や書きもの机が置かれている。

そこでブラッドフォードは従者と、部屋の用意をしてくれた侍従それぞれに目を遣った。

「紹介しておこう。キングスリー公爵家の子息レイモンドだ。城仕えをしてもらうため連れてきた。……レイモンド、俺の側近のコンラッドと、侍従のシリルだ。困ったことがあったらこのふたりを頼るといい」

コンラッドとシリルと呼ばれたふたりがこちらを見る。

そのうち、コンラッドの方には見覚えがあった。今日だけでなく、はじめてブラッドフォードに出会った時も彼の傍に控えていたように思う。あれは側近だったからなのだ。

レイモンドは、まずはコンラッドに向かって礼儀正しく一礼する。

「はじめてご挨拶させていただきます。キングスリー公爵家次男、レイモンドと申します」

「何度かお会いしましたね。このようにご挨拶させていただく日が来るとは」

「お顔のわかる方がいらして心強いです。コンラッド様、これからどうぞよろしくお願いします」

「私のことはどうぞ『コンラッド』と。同じく殿下にお仕えする身ですから」

彼はそう言って爽やかに笑った。

年齢や背格好はブラッドフォードと同じくらいだけれど、その肌は浅黒く、髪や目も黒々としている。これまでレイモンドの周囲にはいなかった、どこかミステリアスなタイプだ。深緑色の裾の長い上着が、黒尽くめの彼によく似合う。

第二王子の側近を務めるだけあって上流階級の出身で、十二歳の時からブラッドフォードの傍で仕えているそうだ。思春期をともに過ごしたふたりはもう十年のつき合いになるという。どうりで息もぴったりなわけだ。

カフェでのさりげない目配せを思い出していると、今度はシリルがにこやかに進み出てきた。

「レイモンドさん、はじめまして。殿下のお世話をさせていただいております、シリルです」

「レイモンドと申します。お城にお仕えするのははじめてですが、一生懸命頑張ります！」

ぺこりと頭を下げると、シリルは淡い茶色の目を細めて微笑んだ。

黒尽くめのコンラッドとは対照的に色素が薄く、ほっそりしていて華奢《きゃしゃ》な人だ。白金色の美しい髪が窓からの光を受けて輝いている。自分より四、五歳上だろうけれど、その生き生きした表情や上気した頬はシリルを人懐っこく、何より魅力的に見せた。

そんな彼は、真っ赤な上着に黒いベスト、黒のズボンに蝶ネクタイとなかなか派手な身形《みなり》をしている。王族に仕えるものは黒いお仕着せではなく、特別なカラーを身につけるのが伝統らしい。

「困ったことがあったら遠慮なく何でも訊いてくださいね。勤続年数が長いことだけが僕の唯一の自慢なんです」

それを聞いて、コンラッドがやれやれと嘆息する。

「他にもっと自慢することはないんですか」

「そんなこと言ったって、皆さんが優秀すぎるんですよ。僕はコツコツ頑張るタイプなので」

「まったく、ああ言えばこう言う」

肩肘張らないふたりのやり取りに自然と笑みを誘われた。

コンラッドもシリルも親切そうな人で良かった。このふたりに迷惑をかけないように、これから頑張っていかなければ。

「さて、顔合わせはいいな」

思いを新たにするレイモンドを含め、ブラッドフォードがぐるりと一同を見回した。

「レイモンドにはシリルの下についてもらう。俺の側仕えだ。しばらくは見習いとして扱おう」

「側仕え……？」

鸚鵡返《おうむがえ》しにくり返した途端、脳裏に『シュタインズベリー物語』が蘇《よみがえ》る。

その瞬間、サーッと血の気が引いた。

とっさに両手で口を押さえ、できるだけ平静を装ったものの頭の中は大忙しだ。

――やっちゃった！

あれだけ気をつけていたのに。

物語の大好きな登場人物であるブラッドフォードに会えたことがうれしくて、再会できたことに運命を感じて、すっかり舞い上がってしまった。誘われるまま、よりにもよって物語の舞台であるお城までついてきてしまった。

あの時に戻れるなら、自分をポカポカ殴ってでも引き留めるのに。

いや、今からでも遅くはない。ここから軌道修正しなければ。

大丈夫、自分にはペンタグラムたちがついている。仕事を早々にクビになったとでも未来日記に書けば……

――いやいやいや。

それはだめだ。王子直々に召し抱えられておきながらクビになるなんて、先祖代々王家に仕えてきたキングスリー家の名折れだ。そんなことになったら家にも帰れなくなってしまう。

だからといって、ずっと見習いのままでい続けるのもそれはそれで情けない。

見習いと言うからには本職に上がることを期待されてのことだろうし、まるで適性がないと呆れられるような仕え方はしたくない。自分を連れてきてくれたブラッドフォードに失礼だ。

レイモンド自身、ブラッドフォードの役に立ちたいと思って城にやってきた。その思いだけでも伝わるように努めるべきだ。

――そうだよね。ぼくは頑張るべきだよね。

考えがぐるりと一周してもなお良い策は浮かばず、考えに耽《ふけ》っていた時だ。

「レイモンド」

「ひゃいっ」

唐突に名を呼ばれ、びっくりしすぎて変な声が出た。

我に返ったレイモンドの前には目を瞠《みは》るブラッドフォード、コンラッド、それに笑いをこらえているシリルがいる。

「あ……す、すみません！」

顔を真っ赤にしながら頭を下げると、とうとうシリルが噴き出した。

それにつられて残りのふたりも笑いはじめる。

「どうした。緊張しているのか。そんなに固くならなくていいんだぞ」

「は、はい……」

恥ずかしいところを見られた上に気遣われてしまった。小さな身体をさらに小さくしていると、ブラッドフォードにポンポンと背中を叩かれ、さらに激励までされてしまった。

「仕事について細かいことはシリルに任せる。おまえから説明してやってくれ」

「畏《かしこ》まりました」

「それから、コンラッド。レイモンドには城の案内をしてやりたい。ダンスレッスンもしないとな。できるだけ時間を作って過ごしたいと思っている。俺の予定を調整してくれ」

そう言われた途端、コンラッドが眉間に皺《しわ》を寄せる。

「お言葉ではございますが、殿下は政務が第一。レイモンドは職務が第一でございます」

「それはわかった上で言っている」

「何より、レイモンドひとりを特別扱いなさっては、回り回って彼の立場が危うくなりましょう。それでもよろしいのですか」

今度はブラッドフォードが顔を顰《しか》めた。

「あいかわらず厳しいことを言うな」

「殿下をお諫《いさ》めするのも側近の務めと心得ておりますので」

涼しい顔で言ってのけながらも、コンラッドは古い友人らしく鼻の頭に皺《しわ》を寄せて笑った。

「我を通したいなら、もっとうまいことなさいませ」

「おまえのその変わり身の早さと来たら」

ブラッドフォードも同じように表情をゆるめると、少し考えた後で代案を出した。

「ならば、夕方まではこれまでどおり政務に集中しよう。公務や視察で外出する場合は一日仕事になっても構わん。レイモンドにもその間は側仕え見習いとして務めてもらう。その代わり、夕方のお茶の時間からは俺の大切な友人として扱う。これでどうだ」

「ギリギリです」

コンラッドが苦笑とともに頷く。

「おまえもそれでいいか、レイモンド。案内やレッスンは夕方以降ということになるが」

「はい。ぼくならいつでも大丈夫です」

「よし。決まりだな。では、各自そういうことで頼む」

頭を下げる側近と侍従に、レイモンドも見よう見まねでそれに倣《なら》った。

政務に戻るというブラッドフォードとコンラッドを見送り、レイモンドとシリルのふたりだけになる。

初対面の相手を前にレイモンドがいまだ緊張しているのを察してか、シリルはさらに一段砕けた表情でにっこり笑った。

「さーて。それじゃ、細々としたことをお伝えしていきましょっか」

「は、はい。お願いします」

「そんなに固くならなくていいんですよ。見習いっていうのは、言ってみればお試し期間みたいなものですから、まずは慣れようって感じでいいです。最初から張り切っちゃだめ。なにせ、殿下は陛下の名代さえ務める御方。我々の仕事も山のようにあります」

シリルが「こーんなに！」と両腕を広げてみせる。

それがおかしくてくすくす笑っていると、彼は「ちなみに」と眉を顰《ひそ》めた。

「側仕えって何人いると思います？　僕入れて四人ですよ。それでも全然足りないんです。だから殿下には『人を増やすか、仕事を減らすか、魔法を使うか、どれかにしてください』ってずーっと言い続けてきて……やっと念願が叶いました。レイモンドさんが来てくれてうれしいです！」

「そうだったんですか」

「そうだったんですよ〜〜〜」

シリルは心の底からうれしそうで、鼻歌まで歌いはじめる。

いくらブラッドフォードとはいえ魔法で仕事を片づけるのは難しそうだし、王子の一存で政務を減らせるとも思えないし、人を増やすのが一番現実的だろう。ブラッドフォードも単なる思いつきで自分を連れてきたわけではなさそうだ。

――それなら、余計にお役に立たなくちゃ。

彼のためにも、シリルのためにも。

悪役令息のルートを進みつつあるのが気になるところだけれど、望まれてここに来たわけだし、キングスリーの家名も背負っている。見習いだからと言って手を抜いたら罰が当たる。

「シリルさん。ぼく、頑張りますね」

「おおっ」

決意を伝えると、シリルは目を輝かせた。

「力強い感じ、いいですね！　でも、無理しちゃだめですからね」

「はい。これからいろいろ教えてください。ぼく、殿下のお役に立ちたいんです」

両手をきゅっと握り、少しだけ上にあるシリルの目を上目遣いに見上げる。

その途端、シリルはなぜか片手で顔を覆いながら蹌踉《よろ》めいた。

「なんて健気な……これは殿下も連れて帰ってきたくなるはずだ……」

「え？」

「いえいえ、こっちの話です。とにかく、これから一緒に頑張りましょうね」

「はい！」

笑顔で頷き合う。

かくして、レイモンドの城での暮らしが幕を開けるのだった。

10. 近づくふたり

レイモンドが城に上がってすぐ、キングスリー家には使いが出された。

息子が第二王子に仕えることになったとの報せに両親はとても驚いたそうだ。

箱入り息子として育てたレイモンドが王族に召し抱えられるなど、思ってもみないことだっただろう。それでも第二王子たっての強い希望であり、またキングスリー家にとっても名誉であることから、最後は両親も納得してくれたと後になって兄から聞いた。

レイモンドが城に上がって三日後、セドリックは執政官補佐の勤めのついでに、弟の細々としたものを家から持ってきてくれたのだ。

こんな時、城仕えの家族がいるというのはありがたい。

兄にお遣いをさせてしまうのが申し訳なかったけれど、「かわいい弟のためならたとえ火の中、水の中！」と豪語するセドリックの言葉に甘えて、当面の洗い替えや日記帳など身の回りのものをお願いした。

生活に必要なものは支給されるし、側仕え見習いとして与えられた部屋もあまり大きくはなく、収納も限られている。それに、もともとあまりものを持たない自分にはこれぐらいで充分だ。

むしろセドリックの方が「ひとりで眠れるかい？」「お菓子はいる？」「ぬいぐるみを持ってきて

あげようか？」とオロオロしていたくらいだ。何度もレイモンドをふり返り、後ろ髪引かれながら仕事場に向かっていった兄の様子を思い出し、悪いと思いながらも笑ってしまった。

「楽しそうですね」

声をかけられて我に返る。

顔を上げると、シリルが文書整理の手を止め、悪戯《いたずら》っぽい顔でこちらを見ていた。

「今、思い出し笑いしてたでしょう？」

「すみません。この間来てくれた兄のことを考えていて……」

住みこみで働きはじめて早八日。

それまで一度も家を出たことがなかったレイモンドがホームシックにならずに済んでいるのはひとえにセドリックのおかげだ。同じ城仕えという利点を活かして弟のもとを訪れては、話し相手になってくれていた。

「お兄さんって確か、執政官補佐の方でしたっけ？　すごく目立つ方ですよねぇ。あの方が通ると侍女たちが騒ぐのですぐにわかります。肩で風を切って歩いていらして格好いいです」

「そうなんですか……？」

知らなかった。というか、自分といる時のセドリックとはだいぶ印象が違う。

そう言うと、シリルは「そういうものですよ」と笑った。

「僕だって、妹に見せる顔とは違いますし」

「妹さんがいらっしゃるんですね」

「これがもう、おしゃべりで気まぐれで母そっくり！　なのに外では『おしとやかでかわいらしいお嬢さん』で通ってるんですから……。きょうだいを外から見ると不思議ですよね」

「ふふふ。確かに」

今度、セドリックが働いているところをこっそり陰から見てみよう。きっと自分に見せる顔とは違う、仕事人としての兄が見られるだろう。これは思いがけない楽しみができた。

「配置こそ違っても、お兄さんと同じ職場で働けて良かったですねぇ」

「はい。実は、父も執政官なんです。代々王室仕えをしていて」

「うちも王室付きの騎士団長を務める家系なんですよ。小さい頃から馬の世話だの、剣の持ち方だのあれこれ叩きこまれて、自分もゆくゆくはそうなるんだって思ってたのに……いざお城に来たら、殿下の側仕えをさせていただくことになっちゃって！」

シリルが勢いよく噴き出す。

「兄ちゃんが団長なんだから三男の僕が継ぐわけないのに、当時は新鮮にびっくりしましたねぇ。だから、執政官補佐になると思ってたら側仕え見習いになっちゃったレイモンドさんのお気持ち、よーくわかります」

「わぁ。似てますね」

「ね！　なんかうれしいです」

シリルは人懐っこい顔で笑うと、手元の仕事を再開させた。

ふたりは今、小さな机に向かい合ってブラッドフォード宛ての文書を整理しているところだ。

次期国王となる彼には、毎日膨大な数の文書や嘆願書、それに私的な手紙が届く。それらに目を通しやすいよう整理するのも側仕えの大切な仕事だ。ブラッドフォードが読んだ後は彼の命令に従って保管したり、大臣たちに回付したり、あるいは破棄したりする。

それに加え、いつ誰からどんなものが届いたか、それをどのように扱ったか、記録しておくのも任務のひとつだ。これまではシリルがひとりで作業をしていたためとても大変だったとか。

ちなみに、他の側仕えたちも同時進行でそれぞれの仕事をこなしている。

あるものは今夜の晩餐会に向けてブラッドフォードの衣装を念入りに整えているだろうし、またあるものは招待客への贈答品の数々を目録とつき合わせているだろうし、ブラッドフォードが行う挨拶原稿を関係者に確認してもらうため駆けずり回っているものもいるだろう。

シリルに紹介してもらってレイモンドも一度顔を合わせたことがあるが、みんなハキハキとして良い人たちだった。

そんな彼らが非日常イベントを一手に引き受けてくれるからこそ、皆をまとめるシリルは淡々と日常業務に集中することができるのだ。

「レイモンドさんが来てくれてほんと良かった～。めちゃめちゃ助かってます！」

手紙の束を紐で括《くく》りながらシリルが人懐っこい顔で笑った。

「いろんなことを教えていただけて、ぼくの方こそありがたいです」

「そんなこと言われたら、俄然《がぜん》張りきっちゃいますよ」

シリルが力瘤《ちからこぶ》を作る真似をしてみせる。

レイモンドが書き終えたばかりの手紙のリストを差し出すと、彼は拍手とともに受け取った。

「きれいな字だなぁ。それに丁寧で見やすいです。ペンの扱いも慣れていらっしゃいますね」

「最近、よく日記を書いているんです。それから本も好きで、いろんな文章や言い回しに親しんできました。小さな頃から家に籠もってばかりだったので、自然と身近なものが興味の対象になって……騎士団長を目指していたシリルさんに言うのは恥ずかしいんですが」

「いいじゃないですか。側仕えは読み書きができてこそ。本の話ができるなんて重宝されますよ。殿下も本はよく読まれますし、第一王子のアーサー殿下なんてそれこそ本の虫です」

「本の虫！　ぼくも兄にそう呼ばれてるんです。……ところで、アーサー殿下って確か……」

待望の世継ぎとして生まれながら、実弟に玉座を譲った方だ。

そう言うと、シリルはリストを横に置き、真面目な顔で頷いた。

「アーサー殿下は、ブラッドフォード殿下より三歳年上の二十六歳です。とてもおだやかで人当たりの良い方で、皆に好かれていらっしゃいます」

しかしながら身体が弱く、王位を継ぐのはふさわしくないと自ら判断し、継承権を放棄したのだそうだ。今は弟の相談役を務める他、奉仕活動に従事しているという。

「殿下はアーサー殿下をとても尊敬していらっしゃいますし、頼りにもされています。そんな弟君をアーサー殿下は誇らしく思っておいでなのでしょうね。仲がよろしいだけでなく、皆の模範ともなる本当に尊いおふたりです」

「まさに、シュタインズベリーが誇るおふたりですね」

「そうなんです。そんな方にお仕えできるなんて、やっぱり側仕えで良かったなぁって」

シリルが照れくさそうに笑う。

けれどそれも長くは続かず、彼はみるみるうちに「でも……」と表情を曇らせた。

「最近は、アーサー殿下が表に出られる機会もめっきり減りました。城内の雰囲気があまり良くないもので……。レイモンドさんは、ラッセル家のご兄弟のことはご存じですか」

「……！」

その名を聞いた瞬間、ハッとなる。

こんな時だ。自分が物語の中にいると実感するのは。

「父や兄から話だけは聞いています。継承順位のくり上げを主張されているとか……」

「そうなんです。それでちょっとピリピリしてて……この先、レイモンドさんにも影響があるかもしれないので、一応お伝えしておきますね」

シリルはそう前置きすると、ラッセル兄弟や、彼らを取り巻く人々について話しはじめた。

「ラッセル家のご兄弟は殿下の従兄弟に当たる方々です。王族でありながらその素行はお世辞にも良いとは言えず……そして困ったことに、そんな方々に媚《こ》び諂《へつら》ったり、王族の権威を笠に着ようとする輩は後を絶ちません。一部の人間ではありますが、同じ階級の人間として恥ずかしい限りです」

シリルが鼻息荒く顔を顰《しか》める。

ラッセル兄弟に群がった一部の貴族たちは城内で派閥を作り、傍若無人に振る舞っているそうだ。

兄弟を神輿《みこし》に担ぎ上げてどちらかを王位に就かせ、後押しをした見返りとして要職のポストや家の格上げを狙っているのだとか。

「そればかりか、兄側につくか、弟側につくかで派閥の中でも争いがあるんです。勢力として一枚岩とは言えないんですけど、なにせ声の大きな人たちなのであちこちで衝突が起きて……」

「それ、仮にどちらかが王位に就いたとしても揉めませんか？」

「そうなんです。ドロドロになる未来しか見えません。というか、ラッセル兄弟のどっちかが王位に就くってことは、殿下から継承権を剥奪されるってことなので、僕は断固反対ですっ」

シリルはますます鼻息を荒らげる。

「ラッセル兄弟も、その取り巻きも、正直言って僕は嫌いです。だってやり方が姑息なんですもん。もし僕が殿下のお立場だったらとっくにボコボコにしてますよ」

「シ、シリルさん⁉」

顔に似合わぬ物騒な発言に目が丸くなる。

そんなレイモンドを見て、シリルは呑気に笑った。

「大丈夫ですよ。頭に血が上りやすい僕と違って、殿下はそんな方じゃありませんから。自制心の塊みたいな方なんです。言い争いなんてしないし、殴り合いもしないし、でも言うべき時はビシッと言う。だから、見てる僕らもスカッとするんです」

「ふふふ。シリルさん、殿下のことが大好きなんですね」

「そりゃもう！　でも、きっと僕よりコンラッドさんの方が熱烈なファンだと思いますよ。なにせもう十年……十二歳の時からお傍にいらっしゃいますからね。小さい頃は遊び相手として、大きくなってからは相談相手として、それこそ影のようにいつもご一緒です」

シリルが自分のことのように胸を張る。

「僕たちだけじゃありませんよ。城内みんな殿下の味方です。アーサー殿下も、僕ら臣下も、大半の貴族たちや大臣たちも、正当な継承順位の殿下に王位を継いでほしいと願っています」

城の中ばかりか、民衆たちも同じ思いでいると言う。

たびたび視察に訪れては、身分に関係なく人々の訴えに耳を傾け、その意見を吸い上げてくれたブラッドフォードに次の王になってもらいたいと思うのは自然なことだ。そしてそれを妨げようとするものがいるなら敵意を向けるのもまた当然のこと。

「殿下は、たくさんの方に応援されているんですね」

「もちろん！」

シリルは大きく頷いた後で、「そういえば」と顔を覗きこんできた。

「レイモンドさんは、どんな流れでお仕えすることになったんです？」

「え？」

「まだ聞いてなかったなぁと思って。だって、着の身着のままでお城に連れてこられる人なんて、僕はじめてだったんですよ。だから、殿下はよっぽどレイモンドさんを離したくなかったんだろうなって。昔から初志貫徹の方なんですよね。あと、すっごくロマンティスト」

「ふふふ。ロマンティストはわかる気がします」

「でしょでしょ。殿下はきっと、レイモンドさんに運命を感じたんじゃないかって思ったんです。だから、その経緯を聞かせてもらえたらなって」

シリルがわくわくと目を輝かせる。

そこでレイモンドは、日記帳のことは伏せながらざっくり話すことにした。

「殿下とは、街で出会ったんです。視察で来られたところにたまたま行き合って……」

「ふんふん」

「その十日後に、お忍びでマーケットにいらした殿下とまた会って、それで」

「ふんふん……って、終わり？　嘘でしょ⁉」

シリルがこれ以上ないほど目をまん丸にする。

「たったそれだけで、殿下はレイモンドさんを連れて帰ろうと思ったんですか」

「ぼくもびっくりしました」

「断らなかったんですか」

「一応、いろいろお伝えしてみたんですけど……」

「だめだったんだ」

「だめでした」

顔を見合わせ、どちらからともなく噴き出した。

「殿下は昔からこうと決めたら猪突猛進だからなぁ。よっぽど気に入られたんでしょうね」

「畏れ多いばかりです。自分ではどうしてなのか、よくわからないんですが……」

それなのに、ブラッドフォードは驚くほど大切にしてくれる。

初日に一日のタイムスケジュールを設定してからというもの、彼は毎日欠かさず城の案内という名の散歩にレイモンドを連れ出してくれた。ある時は敷地内の施設を巡ったり、またある時は庭園で花を愛でたりと内容は様々だ。ダンスのレッスンも請け負ってくれたし、彼が忙しい時のために専任コーチもつけてくれた。

「本当に良くしていただいています。お仕事でお忙しいでしょうに、ご自分が約束なさったことは絶対に守る方なんだって……そんな誠実なお人柄をとても尊敬しています」

「そうそう、そうなんですよ。そこが殿下のいいところなんです」

シリルはまるで自分が褒められたかのように得意げだ。

「責任感の強い方なんです。でも、そのせいで根を詰めすぎてしまうところもあって……僕たちがどんなに勧めてもなかなか息抜きをしてくださらなくて、それが心配でもあったんですよね」

「そうだったんですか」

「そう。それなのにレイモンドさんが来てからの殿下と言ったら！　すごく生き生きしてますよね。毎日散歩はするわ、ダンスはするわ……心身ともにとてもいい気分転換になっていると思うんです。だから僕らは感謝しているんですよ、レイモンドさんに」

「そんな……お礼を言うのはぼくの方です。あたたかく迎えていただけて感謝しています」

「ふふふ。それじゃお互いに、ですね」

シリルが悪戯《いたずら》っ子のようにウインクする。

それにつられるようにしてレイモンドも笑顔で頷いた。

「これからも、殿下のお役に立てるように頑張ります」

「その意気です。頼りにしてますからね」

「はい！」

大変な思いもしながら政務に励んでいるブラッドフォードのため、自分にできることがあるならいくらでもこの身を捧げよう。彼のためなら何だってできる。

「……あ、ところで、そろそろ時間ですよ」

シリルが懐中時計を開き、驚いたように顔を上げた。

見れば、時刻は間もなく夕方の四時になろうとしている。ブラッドフォードの退勤時間、つまりここからはレイモンドとのお茶の時間ということだ。

「僕たちも終わりましょうか。今日の分はできましたし、存分に楽しんできてください」

「はい。ありがとうございました」

シリルに一礼すると、レイモンドは一足先に作業部屋を出てブラッドフォードの私室へ向かった。

ちなみに、レイモンドはシリルたちのような制服ではなく、私服のままだ。

レイモンドが自分以外の王族に用事を言いつけられることを嫌ったブラッドフォードから、普段どおりでいるようにと言われている。はじめは「お客様でもないのにいいのかな……？」と思ったものの、アフタヌーンティーに通うたびに着替えなくていいのは楽チンだ。

王族の居住エリアに足を踏み入れた途端、空気が変わった。

ここには舞踏会のような華やかさもなければ、執務室や謁見の間のような張り詰めた気配もない。四六時中衆人環視に晒される王族が唯一プライベートを尊重される場だけあって、守られた静けさだけがあった。

国の中心にいる人々が一息つくための場所だ。はじめて来た時は、城が持つ華々しいイメージとかけ離れた空気感に驚いたものだった。

早足で歩いてきたレイモンドはドアの前で立ち止まり、呼吸を整えてからノックする。

取り次ぎを受けて中へ入ると、椅子に座るブラッドフォードの前にはすでにお茶の支度が調えられていた。

「お、お待たせして申し訳ありません」

慌てて駆け寄るレイモンドに、ブラッドフォードは微笑みながら立ち上がる。

「俺が待ちきれなくて用意させただけだ。子供みたいだろう。それに、おまえを待っている時間も楽しかった。……さぁ、かけてくれ。お茶にしよう」

彼は照れくさそうに笑うと、向かい側の席を勧めてくれた。

レイモンドとの時間が楽しみでしかたなかったのだとその顔には書いてある。振る舞いはとても堂々としていてエレガントなのに、はにかんだように笑うところがブラッドフォードらしい。

だからレイモンドも、くすぐったくなって笑ってしまった。

ふたりが席に着いたのを合図にお茶会がはじまり、侍女たちがあたたかい紅茶を注いでくれる。

ふわりと立ち上る芳香に目を細めていると、湯気越しにブラッドフォードがこちらを見た。

「おまえはよく笑う」

「ふふふ。だって、毎日お茶をご一緒させていただいているのに、殿下は毎日新鮮に楽しみにしてくださるんだなぁって思ったら、うれしくなってしまいました」

「当然だ。この時間を確保するために毎日政務に励んでいる。少しでも手を抜いたらコンラッドに叱られるからな」

「もう。殿下ったら」

優秀な側近は今頃くしゃみでもしているに違いない。

そう言うと、ブラッドフォードもおかしそうにくすくす笑った。

「集中しなければならない時ほど適度な気晴らしが必要だ。そしてそれは、楽しければ楽しいほどいい。俺にとっては、おまえと一緒にお茶を飲むことも、散歩をすることも、ダンスをすることもみんなそうだ」

「本当ですか！　わぁ、良かった……ぼく、殿下のお役に立ちたいって思っていたんです。願いがひとつ叶いました」

「健気なことを言う。おまえの願いなら何でも叶えてやるのに」

「それじゃだめです。自分で頑張ることに意味があるんです」

完全な自己満足だけれど、彼のために頑張りたいと思うから。

ブラッドフォードは青い瞳を大きく見開き、それからうれしそうに破顔した。

「おまえのそういうところがいい。謙虚なだけでなく、心の強さもまたおまえの美点だ」

「あ……、ありがとうございます」

まっすぐ見つめられ、くすぐったくなって目を伏せる。

ブラッドフォードは優雅な仕草でティーカップを傾けると、ゆっくり息を吐き出した。

「仕事はどうだ。もう慣れたか」

「はい。皆さん親切にいろいろ教えてくださいますので……って殿下、昨日も同じことをお訊きになりましたよ」

「そうだったか」

「そうです。昨日も、一昨日も、その前も」

「知りたいのだ。おまえのことが」

ブラッドフォードは苦笑しながらも、今日は何をしていた、誰とどんなことを話したのだと目を輝かせて訊ねてくる。まるで、レイモンドのことなら何でも知りたいと言うようだ。

「ふふふ。こうしてお話ししていると、なんだか日記帳をつけているみたいです」

「日記帳？」

「最近、日記を書いているんです。その日あったことを簡単に書き留めておくだけですが……」

「ほう。それはいい習慣だ。思っていることを書き出すとゴチャゴチャしていた頭が整理される。気持ちが落ち着くこともあるな」

「はい。ぼくもそう思います。なので、兄に頼んで持ってきてもらいました」

今でも眠る前の小さな習慣として続けている。

「おまえの話を聞くのは楽しい。他にも何か、好きなことはあるか」

「読書が好きです。本なら何でも」

「それはいい。なら明日は、好きな本の話をしよう」

「はい、ぜひ。それから、薬草にも興味があります」

「薬草か、珍しい。……あぁ、そういえばはじめて会った時も、薬屋の前にいたな」

「よく覚えていらっしゃいますね。通りから薬草が見えて、ついふらふら入ってしまったんです。珍しい薬草に夢中になっていたら兄にびっくりされてしまいました」

帰る馬車の中でも、家に帰ってからも、セドリックは「本当に良く知ってるなぁ」「いつの間にこんなに知識を……？」と首を捻っていたっけ。いつ家の植物図鑑を引っ張り出されてしまうかと実はヒヤヒヤしていたレイモンドだ。

思い出し笑いをしていると、ブラッドフォードはカップを傾けながら窺《うかが》うように目を上げた。

「こうして聞いていると、おまえの話にはよく兄君が出てくる。ずいぶん仲がいいんだな」

「はい。とてもやさしい兄で大好きです。……あ、そういえばこのタイピンも兄からのプレゼントなんですよ。懐中時計は両親から。どっちもぼくの宝物です」

「おまえが大切にされてきたことがよくわかる。似合っているぞ」

「ありがとうございます。そう言っていただけると兄や両親も喜びます」

「俺も早く、おまえを喜ばせたいものだ」

「え？」

どういう意味だろう。

キョトンとしていると、ブラッドフォードはなぜか苦笑を浮かべた。

「気にするな。俺の独り言だ」

「えっと……ぼくなら、殿下のお傍にいられて毎日大喜びしていますよ？」

「レイモンド？」

ブラッドフォードが目を瞠《みは》る。彼は真意を確かめるようにこちらをじっと見つめていたものの、しばらくして呑みこんでいた息をゆっくり吐き出した。

「おまえは時々、心臓に悪いことを言う」

「えっ」

「それに、俺を驚かせる天才だ」

「ええっ」

オロオロするレイモンドを見て、ブラッドフォードは小さく噴き出す。

「うれしいという話をしたのだ。慌てることはない」

「そう、なんですか……？」

なんとも難しい。

それでも、ブラッドフォードが楽しそうにしているのがうれしくて、レイモンドも一緒になって笑ってしまった。

残っていた紅茶を飲み干し、レイモンドはいそいそと身を乗り出す。

「じゃあ次は、殿下のことを聞かせてください。殿下はいつもどんなことをなさっているのか知りたいです」

「俺か？　そうだな……政務と言ってもあまりピンとは来ないか。父である陛下をお支えしながら国の方針を決めたり、政策を実行したり、民の嘆願を精査したり、いろいろだ。民のもとに視察に行くこともあれば、病院や孤児院に慰問に行くこともある。兄上の名代としての役目もな」

「アーサー殿下の？」

「兄上は王子として生まれながら、自ら継承権を手放された。そのため、できることも限られる」

ブラッドフォードは静かにカップを置くと、やるせなさそうに目を伏せた。

「兄上は、生まれつき身体が弱かったんだ。足も不自由でな……」

代々シュタインズベリー王家では、王たるものは勇壮であれ、有事の際は一番に戦場を駆けよと教えられる。王家の旗章にも馬が描かれているほどで、王族の男子は成人した証に自らが指揮する一個小隊を与えられる。ブラッドフォードにも彼付きの親衛隊があるそうだ。

けれど、生まれながらの病気で足の骨が充分に発達しなかったアーサーは馬に乗ることができず、この国の伝統的な王としての振る舞いがまったく期待できなかった。王の務めを果たせない王太子の継承を疑問視する声は多く、おそらくはアーサー本人の耳にも届いていただろう。

絵画と音楽を愛するもの静かな彼は、身体的にも、性格的にも、弟ブラッドフォードの方が王にふさわしいと考えた。だから自ら継承権を放棄したのだ。

「兄上が十六歳の時の話だ。決して表には出さないが悔しい思いもあったろう。兄上が王としての役割を果たせないことに苦しんでいるのは知っていた」

息子の思いがけない申し出に、父である国王は反対した。

それでも、「自ら命を絶って継承権を譲るようなことをしては、父上にもブラッドフォードにも申し訳が立ちません。国を愛するものたちも苦しませることになります」と訴えられ、その覚悟のほどを知って、最終的にはアーサーの考えを受け入れたそうだ。

「あの時、兄上が死ではなく生きる道を選んでくださって本当に良かった。だから俺は、兄上の分まで務めに邁進《まいしん》せねばならないと心に誓っている」

「殿下……」

「兄上はとてもやさしい方なんだ。いつも自分より周りのことばかり考えておられるような人だ。自分のせいで俺に重荷を背負わせてしまったと相談役まで買って出てくださった。そんな兄上を、俺は人として尊敬している」

「今のぼくと変わらない年齢でそんな大きな決断をなさったなんて、なんてご立派な方でしょう。自暴自棄になってもおかしくないのに……。きっと、殿下がいてくださったからですね」

俯《うつむ》きかけていたブラッドフォードが弾かれたように顔を上げる。

その美しい瞳をじっと見つめながらレイモンドは噛み締めるように続けた。

「自分の代わりに国を背負ってくれるのが殿下だったからこそ、アーサー殿下は決断することができたんじゃないでしょうか。アーサー殿下の信頼の証だと思います」

ブラッドフォードが息を呑む。目を見開き、何か言おうとして口を開きかけ、けれど言葉は音になる前に消えた。

「そんなふうに考えたことはなかった。だが……そうだとしたら、うれしいものだな」

しばらくして、ブラッドフォードがぽつりと呟く。その頬が、目元が、口元が少しずつゆるみ、やがてやわらかくなっていった。彼の中で何かがすとんと落ち着いたのだろう。

「せっかくそう言ってもらったのだ。おまえを兄上に紹介したい。ぜひ会わせたい」

「ア、アーサー殿下にですか⁉」

「何を驚くことがある。俺の兄だ、いいだろう」

「そんな畏れ多い……でもあの、は、はい……」

「よし。決まりだな。追って日取りを調整させよう」

ブラッドフォードは満足そうに頷くと、椅子の背凭《せもた》れに身体を預けた。どんな時でもまっすぐに背筋を正し、凭《もた》れかかったりしない人なのに珍しい。

「お疲れなのですか」

「うん？　……あぁ、みっともないところを見せた」

無意識の行動だったのだろう。ブラッドフォードが苦笑しながら身体を起こす。

そこでレイモンドは椅子を立つと、近くの長椅子に場所を移した。

「殿下。ぼくが膝枕をして差し上げます」

「何だって？」

目を丸くする彼に向かって、レイモンドは「頭をどうぞ」と自らの太腿をポンポン叩く。

子供の頃、母親に膝枕をしてもらってうれしかったことを思い出したからだ。自分を委《ゆだ》ねる心地よさと安心感に包まれて、いつもそのまま眠ってしまったっけ。

だからブラッドフォードにも、少しでも心身ともに休んでもらえたらと思ってのことだ。ただでさえ複雑な事情を抱え、権力情勢的にも落ち着かない日々を過ごしているであろう彼への束の間の休憩のプレゼントだ。

さぁ、いつでもどうぞと目を輝かせていると、なぜか彼は噴き出した。

「まさか、膝枕を勧められるとは……」

「お嫌いですか？」

「してもらったことがない。というか、人前で横になったことがない」

「……！」

そうだ。彼は王族なのだった。お行儀の悪いことはしないものなのだ。

「す、すみません。今のは聞かなかったことに……」

「何を言う。せっかくおまえが俺のためにと申し出てくれたのだ。うれしい気遣いには存分に甘えさせてもらおう」

ブラッドフォードはさっそく椅子を立ってやってくると、長椅子に寝そべり、レイモンドの両の太腿に頭を乗せた。

預けられた重みにドキリとしながら、レイモンドはそろそろと金色の髪を撫でる。

するとすぐ、ブラッドフォードの口から深い安堵のため息が洩れた。

「あぁ、これはいいな……」

「良かったです。どこか窮屈なところはありませんか」

「いいや。とてもいい心地だ」

ブラッドフォードは安心したように微笑むと、そのままゆっくり目を瞑《つむ》る。

「おまえは不思議だ……俺を勇気づけたり、驚かせたり、かと思うとやさしく包みこんでくれる。知れば知るほどもっと知りたくなる。そんな相手はおまえがはじめてだ」

「殿下……」

胸がドキドキしてしまい、髪を梳《す》く手が少しふるえた。

「ぼくも、殿下のことをもっと知りたいです。そしてもっとお役に立ちたいです」

「もう充分だ」

「いいえ。もっともっと！」

ブラッドフォードが驚いたように目を開く。大真面目な顔で見下ろすレイモンドを見上げた彼は、おかしそうに、そしてうれしくてたまらないように「ふはっ」と噴き出した。

「殿下？　今のは笑うところじゃないんですが……？」

「そうか、すまない……はは、ふふふ……」

ブラッドフォードがとうとう声を立てて笑い出す。

はじめはぽかんとしていたレイモンドも、明るい声を聞いているうちに楽しくなってきて結局は一緒になって笑ってしまった。

「もう。殿下は」

「しかたないだろう。おまえが……ははっ」

「ふふふ」

なにせ目が合うだけでおかしくなってしまうので、お互いにそれとなく視線を逸らすのだけれど、そのうち我慢できなくなってまた目を合わせては笑ってしまうのくり返しだ。笑い疲れてお互いに白旗を上げるまで延々とこの遊びは続いた。

ようやく落ち着きを取り戻したブラッドフォードがすっきりとした顔でこちらを見上げる。

「やれやれ。こんなに笑ったのはいつぶりだろう。おまえは俺を笑わせる天才でもあるな」

「殿下もですよ。殿下も、ぼくを笑わせる天才です」

そう言っている間にもまた笑ってしまいそうになり、レイモンドは慌てて頬を押さえた。

それを見たブラッドフォードがやわらかに目を細める。

「不思議だ。これまでずっと気を張って過ごしてきたが、おまえにだけは素の自分を見せられる。それがうれしい」

「殿下」

「強引なことをしてしまったが、こうして城に来てくれたことに礼を言う」

「お礼を言うのはぼくの方です。殿下のお傍にいられて幸せです」

「レイモンド……」

どれくらいそうして見つめ合っていただろう。

無言のまま右手を取られ、彼の左手と指を絡めてつながれたかと思うと、口元へ引き寄せられて手の甲にキスを落とされた。

「わ……」

心臓が大きく、ドクン、と鳴る。

ときめきで息をするのも苦しくなる。

「これは親愛の証だ。俺がおまえを大切に思っていることを、どうか忘れないでくれ」

手をつないだままブラッドフォードが見つめてくる。

頬を薔薇《ばら》色に染めながら、レイモンドは小さく頷くのだった。

《フラワームーンの月　第一日》

ブラッドフォード様からアーサー様のお話を伺った。

お兄様の分まで頑張ろうとするブラッドフォード様も、弟を支えようとするアーサー様も、どちらもとても素敵だな。おふたりに信頼関係があるからこそできることなんだろうな。

そんなブラッドフォード様から、ぼくにだけは素の自分を見せられると言ってもらえて、親愛の証をいただいて、畏れ多いことだけど本当にうれしかった。

もっともっとブラッドフォード様のことが知りたいな。

ブラッドフォード様にもそう思ってもらえていたらいいな。

11. 毒殺ルートへようこそ

第二王子の側仕え見習いとして仕えはじめて三週間。

レイモンドは城の中で少しずつ居場所を作りつつあった。

生まれ育ったキングスリーの屋敷と違って、毎日たくさんの人と関わるお城での仕事は新鮮だ。

何もかも勝手が違うし、覚えることも山ほどある。

それでも、根性だけは人一倍あると自負してきたレイモンドだ。

それに、仕事はシリルが丁寧に教えてくれたし、「その調子ですよ」と励ましてくれるおかげでだいぶこなせるようになってきた。ブラッドフォードはもちろんのこと、彼の側近のコンラッドも顔を合わせるたびに「仕事ぶりが板についてきましたね」と褒めてくれた。

他の側仕えメンバーと協力し合えるようになったのも、侍従や侍女たちとコミュニケーションを取れるようになったのも、みんなが良くしてくれたおかげだ。

だからもっと頑張って、お返しできるようになりたい。

早く一人前になって、もっともっとお役に立ちたい。

そんな思いでいた、ある夜のこと。

「ブラッドフォード殿下がお呼びです。礼拝堂に来るようにと」

一日の仕事を終え、使用人部屋に下がっていたレイモンドは侍従の伝言に首を傾げた。

懐中時計を確かめれば間もなく十時になろうとしている。特に用事でもない限りは、蝋燭《ろうそく》を節約する意味でもそろそろ寝ようかという時刻だ。

何か伝え忘れたことでもあるんだろうか。

それとも、朝まで待てないようなことだろうか。

――もしかして、緊急事態とか。

嫌な予感が湧き起こり、レイモンドはとっさに頭をふって不安を追いやった。

キングスリー家の男子たるもの、慌ててはいけない。いつ何時でもあっても主人に応えてこそ。

そう自分に言い聞かせると、大事な懐中時計をポケットにしまって立ち上がる。

「とにかく行ってみよう」

側仕えたちをまとめているシリルにブラッドフォードからの呼び出しの旨を伝え、燭台の蝋燭《ろうそく》に火を移すと、レイモンドはそれを片手に部屋を出た。

先ほど侍従が言っていたのは王族礼拝堂のことだろう。普段生活する主塔とは別の建物のため、外を歩いていかなければならない。明かりの消えたエントランスホールを横切り、塔の門を出ると、どこまでも暗い空が広がっていた。

昼間とはまるで違って怖いくらいだ。

そんな中、空に浮かんだ満月だけが皓々《こうこう》と世界を照らしていた。こうして月を見上げるのはいつ以来のことだろう。

「きれいだなぁ……殿下はもうご覧になったかな」

ブラッドフォードのことを考えながら暗がりの中を歩いていく。

ほどなくして、王室の家紋があしらわれた石造りの重厚な建物に着いた。ここが王族礼拝堂だ。

木製のドアの隙間からレイモンドを歓迎するようなあたたかな光が洩れてくる。思いきって扉を押し開けると身廊《しんろう》の向こう、内陣の手前に人が立っているのが見えた。ブラッドフォードだ。

「レイモンド」

「お待たせして申し訳ありません」

足音を立てないように小走りで駆け寄る。

「いや。俺の方こそ、こんな夜中に呼び出してすまない。寝ていたか」

「ぼくなら大丈夫です。……もうそろそろ寝ようかな、とは思っていましたが」

冗談めかして答えると、ブラッドフォードは苦笑で応えた。

「それはすまなかった。おまえは我儘にも寛容だな」

「我儘だなんて……側仕えたるもの、見習いと言えどいつでも駆けつけてこそですから。それに、こうして呼んでいただいたおかげできれいな満月も見られました。殿下はご覧になりましたか？ まだならぜひ、後ほどご一緒させてください」

いつもの散歩のように誘いかける。

けれどどうしたことか、ブラッドフォードは寂しそうに微笑むばかりだった。どこか様子が違う、心ここに在らずというのがわかる。

「あの、何か気がかりでもおありですか？」

「なぜだ」

「そんな感じのお顔をされているように見えます。ぼくの思い違いなら申し訳ありません」

失礼なことを言っているのはわかっている。それでも、なんだか気になるのだ。

ブラッドフォードはしばらく黙っていたが、やがて小さく嘆息した。

「おまえに秘密は通用しないようだな」

「え？」

「少し座ろう」

そう言って、彼は祈祷用の長椅子を指す。祈りを捧げるための場所だ。

レイモンドはそっと燭台を置くと、ブラッドフォードと並んで腰を下ろした。

生まれてはじめて座る王族専用の祈祷椅子は自分たちのものと違ってクッションが詰めてあり、座り心地も抜群だ。視界を埋め尽くす豪華絢爛《けんらん》な内陣障壁も、側廊《そくろう》の壁に掛けられた立派な絵画も、どれも立派で見入ってしまう。

これが、国を統べる人たちの世界だ。

ブラッドフォードの住む世界なのだ。

ただただ圧倒されるレイモンドとは対照的に、じっと祭壇を見つめていたブラッドフォードは、やがて意を決したように口を開いた。

「どうしてもおまえに会いたくなった。一番最初に浮かんだのがおまえの顔だったんだ」

「殿下……？」

何の話だろう。

きょとんとするレイモンドに、ブラッドフォードは衝撃的な内容を告げた。

「いずれ王位を継ぐにあたり、結婚して世継ぎを生すよう、父上からご命令があった」

「……！」

驚きに言葉を失う。

――ブラッドフォード様が、ご結婚……？

こうなってみてはじめて、自分がそれを考えもしなかったことに気がついた。

「世継ぎを生すのは王の務め。王子として生まれた以上、当然求められることだとわかっている。そうやってこの国は続いてきた。父上もそのひとりだったからこそ、俺にも同じことを強く求めておられるのだろう」

淡々と語る声音はひどく硬い。

「これは義務であり、選択の余地はない。王にも、王子にも、個人の感情は必要ない。幼い頃からそう教えられてきたのにな。わかったつもりになっていただけだった」

顔を歪めるブラッドフォードを、レイモンドはただ見つめることしかできなかった。

――感情は必要ない、だなんて……

王族というのは、そんなふうに育てられるのか。

彼は生まれた時からそんな帝王学を学んできたのか。

――それでもなお、あんなふうに笑うんだ。

大好きな笑顔を思い出し、胸がぎゅうっとなる。レイモンドは身体ごとブラッドフォードに向き直ると、思いきって意見した。

「王族だって、平民だって、人は人です。己を律することはできても感情までは殺せません」

人の心と身体は表裏一体。どちらかだけでは生きられない。うれしいことがあれば自然と元気になるし、悲しいことがあれば身体も辛くなる。その反対だって同じことだ。

自分の心を大切にできなければ、相手を大切にすることもできない。

そう言うと、ブラッドフォードは弾かれたようにこちらを見た。青く美しい瞳が蝋燭《ろうそく》の明かりに照らされ、小刻みに揺れている。彼の中で今どれほどの思いが駆け巡っているのだろう。

しばらくするとブラッドフォードは大きくため息をつき、遣りきれなさを噛み締めるように唇を引き結んだ。

「おまえの言うとおりだ。感情とは、こんなにも殺せないものとは知らなかった」

声にわずかなふるえが混じる。

真正面から向き合ったブラッドフォードは、これまで見たことのない顔をしていた。

「おまえに向かっているのだ。レイモンド。俺の心のすべては、おまえだけに」

「殿下」

「俺が伴侶として迎えたいのはおまえだけだ」

その瞬間、ドクン、と胸が高鳴る。

「おまえを、愛している」

熱を帯びた目でまっすぐに見つめられ、心臓が壊れそうなほど早鐘を打った。

――ブラッドフォード様が、ぼくを……

愛していると言った。

伴侶として迎えたいと言った。

――ブラッドフォード様が、ぼくを…………！

胸がドキドキ鳴りすぎておかしくなりそうだ。わっと叫び出したいような、信じられないような不思議な心地に浮かされながら、レイモンドは熱くなる頬を両手で覆った。

「レイモンド」

かすかな衣擦れの音とともにブラッドフォードが近づいてくる気配がする。

そろそろと顔を上げると、至近距離に美しい瞳があった。

「わ、わっ……」

びっくりして後退ろうとするレイモンドの背中に片腕が回され、引き留められる。間近に迫った男らしい美貌に無意識のうちに喉が鳴った。

「レイモンド。答えてくれ。おまえは俺をどう思っている。俺を憎からず思っているか」

「あ……」

「俺と同じ想いでいてくれていると、俺は自惚《うぬぼ》れてもいいいか」

逞《たくま》しい胸に抱きこまれ、耳の近くで低く囁《ささや》かれて、頭の中が真っ白になってしまう。

「レイモンド」

やさしく名を呼ばれ、胸がきゅんと甘く疼《うず》いた。

自分はどうしてしまったんだろう。どこかおかしくなってしまったのかもしれない。彼に名前を呼ばれただけでこんなにドキドキするなんて。こんなにうれしくなるなんて。

「教えてくれ。レイモンド。おまえの正直な気持ちが聞きたい」

背中をかき抱かれ、ねだるように鼻先を擦りつけられて、ますますドキドキが高まる。

「レイモンド。お願いだ」

「あの……ぼ、ぼくも……」

自分を取り巻くすべてを忘れ、とんでもないことを口走りそうになった、その時――

ブラッドフォードの肩越しに壁の紋章が目に入り、レイモンドはハッと我に返った。二頭の鷲《わし》を象《かたど》ったそれはシュタインズベリー王国の紋章だ。何度も読んだ本の表紙にも描かれていた。

そう。ここはその『シュタインズベリー物語』の中だ。

ブラッドフォードは善良な第二王子であり、自分は彼を毒殺する悪役令息なのだ。

――どうして忘れていられたんだろう……。

思い出した瞬間、自分でもわかるほどザーッと血の気が引いていく。

たちまち指先が冷たくなり、心臓がバクバクと嫌な音を立てはじめた。ブラッドフォードの傍にいるのが楽しくて、役に立てることがうれしくて、一番大切なことを忘れていた。

城仕えどころか、社交界にさえ出ていなかった何の接点もない自分がブラッドフォードと出会い、第二王子の側仕え見習いとなったのだ。これから先も物語はその筋書きどおり、多少の軌道修正を入れながらも進んでいくに違いない。

——なんとかしなきゃ……

レイモンドは不安を押し殺しながら必死に次の展開を思い出した。

確かこの後は、ラッセル兄弟の弟のランドルフが出てくるはずだ。ブラッドフォードが男色家だと嘘の噂を流した人物だ。

「……っ」

いけない。

ブラッドフォードの想いを受け入れて恋人にでもなろうものなら、まさにランドルフの思う壺だ。「第二王子は男色家な上に公私混同する人物だ」と大手をふって噂を流され、ブラッドフォードは窮地に追いこまれてしまう。まったくの偽情報ならばかばかしいことだと否定できても、レイモンドを恋人にした後では難しいだろう。

何より、このまま物語が進んでしまえば待っているのは悲劇だけだ。

——それだけは絶対に避けなくちゃ。

レイモンドは回らない頭で懸命に回避策を考える。

——絶対に、ブラッドフォード様を毒殺したくなんかない！

そのためには、できるだけ自分と彼の間に距離を取っておくしかない。嫌だけど、辛いけれど、ブラッドフォードを助けるためには必要なことだ。

レイモンドは思いきって顔を上げる。

「畏れながら……殿下のお気持ちをお受けすることは、ぼくにはできません」

その瞬間、彼が纏う空気が変わった。滴るような甘さは消え、焦りのようなものが滲《にじ》み出る。

腕を解かれ、至近距離から顔を覗きこまれた。

「理由を聞きたい」

「ぼくが、男だからです」

「構わない」

「男の王妃なんてあり得ません」

「前例がないなら作ればいい」

「ですが、男では世継ぎが産めません」

「そんなことはわかっている」

「それなら」

「それでも」

強い口調で言葉を重ねられ、レイモンドはビクッと息を呑む。

それを見て、ブラッドフォードは小さくため息をついた。

「怖がらせてすまない。……だが、おまえが言ったことは俺も散々考えた。考えた上で、おまえを愛していると言った。決して軽々しく告げたつもりはない」

一途な眼差しに射抜かれる。

「たとえ神に背いても、レイモンド、おまえを愛している」

「殿下……」

あぁ、だから――

その瞬間、すべてを理解した。だから彼は礼拝堂を告白の場に選んだのだ。覚悟のほどを伝えるために。

「もったいないお言葉です。ぼくが女性だったとしても釣り合わないでしょうに……」

「まだそんなことを言うのか。家柄など関係ない。おまえの本音はどうなんだ」

「ぼくは……」

「言え。レイモンド。おまえの本当の気持ちが知りたい。俺を嫌いなら嫌いと言え」

「嫌いだなんて！」

つい、大きな声が出た。嘘でもそんなふうに思ってほしくなかった。

「ならば、愛しているか。俺と同じように想っているか」

「そ、それは……」

途端に声が尻窄《しりすぼ》みになる。

ブラッドフォードは憧れの人だ。大好きな登場人物として見ていた頃から、実際こうして生身の人間として出会ってもその思いは変わらない。

けれど、この気持ちが彼の言う『愛』と同じか、恋をしたことがないレイモンドにはよくわからなかった。一緒にいると楽しくて、ドキドキして、胸がきゅっと苦しくなったりする、この思いを言い表す言葉をまだ知らない。

「今すぐ答えられないならそれでもいい。だが、俺は本気だ。それだけはわかってほしい」

「殿下」

「愛している」

大きな手で頬を包まれたかと思うと、そのまま上を向かされる。

あ……、と思った時にはもうブラッドフォードの顔が間近に迫り、しっとりした熱いもので唇を塞がれていた。

――キ、キスされてる……ぼく、ブラッドフォード様に…………

触れられたところが燃えるように熱い。目を閉じていてもクラクラと眩暈がするようだ。

離れていく唇を夢見心地で目で追いかけた、その時。

ガタン！　と外で物音がした。

「誰だ！」

すかさずブラッドフォードが叫んだものの答えが返ることはなく、代わりにバタバタ走り去っていく足音と、不穏な空気だけが残される。

明らかに目撃者がいたということだ。

レイモンドは身を強張らせたまま闇に目を凝らすしかなかった。

《フラワームーンの月　第十二日》

どうしよう。

ブラッドフォード様とキスしたところを誰かに見られてしまったかもしれない。

ご迷惑がかかるようなことがあったらどうしよう。お立場が悪くなったらどうしよう。

ブラッドフォード様に愛していると言われて、胸がドキドキするほどうれしくて、

でも、それでも距離を置かなくちゃと思ったばかりだったのに……

このまま物語が進んでしまったらどうしよう。いつか毒殺してしまったらどうしよう。

どうやったらブラッドフォード様のお命を守れるだろう。

どうやったらぼくは悪役令息をやめられるだろう。

たとえどんなことがあってもいい。ブラッドフォード様を守れるのなら。

12. 狂いはじめた歯車

恐れていたことが起きてしまった。

礼拝堂で交わしたキスを、よりにもよってランドルフの取り巻きに見られたらしい。

ランドルフは『シュタインズベリー物語』の中でブラッドフォードを追い詰めるラッセル兄弟の弟の方だ。案の定「第二王子は男色家だ」「お気に入りを側仕えとして囲っている」などと吹聴され、噂はあっという間に城中に広がっていった。

現実は物語のとおりに進んでいる。

それどころか、尾鰭《おびれ》までつけて。

——どうしよう……

自分にできることはないだろうか、役に立てることはないだろうかと使用人部屋の中をぐるぐる歩きながら考えていた時だ。

「レイモンドさん」

シリルがやってくる。

「あれ？　今は殿下のお支度中じゃ……」

今日は国王の謁見があり、ブラッドフォードも同席すると聞いていた。側仕えの筆頭として支度の一切を任されている彼がこんなところにいるのはおかしい。

首を傾げていると、シリルは「落ち着いて聞いてくださいね」と硬い声を絞り出した。

「噂の件。陛下のお耳にも入ったそうで、関係者から詳しく話をお聞きになりたいと」

「えっ」

「さっき殿下のところに従者が来て、それで僕がレイモンドさんを迎えにきました」

心臓が不安にドクンと鳴る。

「謁見の前に少しだけお時間を取られるそうです。行きましょう。僕もつき添いますから」

「は、はい」

レイモンドはごくりと唾を飲みながらシリルに続いて部屋を出た。

胸騒ぎに追い立てられるように早足で廊下を行く。

謁見の間の前に立った瞬間、緊張のあまり身震いが起こった。

そんなレイモンドを励ますようにシリルがそっと背中をさすってくれる。それに強張った笑みを返しつつ、彼に続いてレイモンドも中へと足を踏み入れた。

——これが、謁見の間……

荘厳な空気に圧倒されてしまう。

絢爛《けんらん》豪華な部屋の奥には数段高くなった場所があり、天蓋の後ろには国の紋章旗が垂れ下がっていた。その前に置かれた黄金の玉座には王と王妃が座っている。

あれがシュタインズベリーを統べる存在、そしてブラッドフォードの両親だ。

その前ではブラッドフォードが跪《ひざまず》き、深く頭を垂れていた。彼の姿を見るのは夜の礼拝堂以来のことだ。その後どうしているだろうとずっと気がかりだった。

少し離れたところにはコンラッドが立っていて、レイモンドに目礼してくる。彼もシリル同様、複雑な思いで従ってきたのだろう。

ふと玉座の反対側を見ると、見覚えのない男性がふたり立っていることに気がついた。

――誰だろう……？

年齢的にはブラッドフォードと同じか、もう少し上だろうか。片方はニヤニヤと嘲笑を浮かべ、もう片方は穢《けが》らわしいものを見るような目でブラッドフォードを睨んでいる。

「あれがラッセル公爵家のおふたりです」

じっと見つめていると、シリルが耳打ちして教えてくれた。

なるほど、あれが問題の兄弟だ。

兄のグレアムは長身で逞《たくま》しく、自信に満ちた野心家らしい顔をしている。残念ながらその表情や佇《たたず》まいからは品性のようなものは感じられない。

弟のランドルフは小柄ですらりとしており、長い灰色の髪を背中に垂らしている。感情の起伏に乏しいためか、その表情からは何を考えているのかが読み取れず、底知れぬ恐ろしさを感じた。

ともに、王位継承権の第二位と第三位を有する王族だ。ブラッドフォードの次に玉座に近い存在でもある。実際に会うのははじめてだけれど、物語のイメージそのままで納得してしまった。

――この人たちが、大切なブラッドフォード様を追い詰めていくんだ……

そう思うと怒りすら湧く。

静かな敵意とともに見つめていると、レイモンドの視線に気づいたふたりがこちらを向いた。ランドルフはレイモンドの全身を無遠慮に視線で嬲《なぶ》り、グレアムはおもしろい玩具でも見つけたようにニヤリと口角を上げる。レイモンドにどんな利用価値があるのか計っているのか。あるいは下世話な想像でもしているのだろう。

「……っ」

目を逸らし、居心地の悪さに耐えていた時だ。

「そなたが、ブラッドフォードの側仕えか」

少し離れた壇上から凛とした声が降ってくる。

ハッとして顔を上げると、国王がまっすぐにこちらを見ていた。挨拶の機会をいただいたのだ。

レイモンドは急いで前に進み出ると、跪《ひざまず》いて最敬礼を捧げた。

「国王陛下ならびに王妃陛下におかれましてはご機嫌麗しく存じます。これなるは、レイモンド・キングスリーと申します」

「面を上げよ」

命令に従って顔を上げる。

畏れ多くも間近にした国王は威厳があり、実に堂々とした人だった。五十代半ばを過ぎたあたりだろうか、恰幅が良く、髪と同じく金色の口髭《くちひげ》や顎髭《あごひげ》を蓄えている。青い目はブラッドフォードと同じだ。

その隣では、ふっくらとした品のある王妃が黙ってこちらを見ている。

「そなたにも関わる話のため呼んだ。確かめたいことがある」

王はレイモンドとブラッドフォードに立つよう命じると、その場の全員をぐるりと見渡した。

「そなたたちを集めたのは他でもない。少々気にかかることがあってな。王子ブラッドフォードの素行についてだ」

「……っ」

ブラッドフォードがクッと顔を強張らせる。

王はその反応を確かめながら「ラッセル家のふたりから進言があった」と続けた。どうりで兄弟揃ってこの場にいるわけだ。グレアムとランドルフに目を遣るブラッドフォードに対して、片や得意げに笑い、片やフンと鼻を鳴らした。

「ブラッドフォード。夜の礼拝堂で何をしていたのだ。儂《わし》の目を見て話してみよ」

「それは……」

ブラッドフォードが言い淀む。

それがますますグレアムたちの笑みを濃くさせた。

「神聖な場で背徳行為に及んだとなれば王子といえど罰を与えねばならん。儂《わし》の思い違いであると良いのだが」

「父上」

「城の中でも良からぬ噂が囁《ささや》かれていることは把握しておる。……ブラッドフォードよ。そなたが儂《わし》の勧めに従って妻を娶《めと》ろうとしないのは噂のとおりだからなのか。気に入りを囲っているというのも誠であるか」

王がブラッドフォードとレイモンドを交互に見る。

ブラッドフォードは一歩前に進み出ると、きっぱりと首をふった。

「噂は事実無根です。私は同性を愛する性指向ではございません。そしてレイモンドには、側仕え見習いとして身の回りのことをさせているだけです」

「ならば、そなたたちの間には何もなかったのだな」

ブラッドフォードが一瞬躊躇《ためら》う。

それでも彼は深呼吸をすると、覚悟を決めた顔で王を見上げた。

「私が、レイモンドに心惹かれていることは事実です」

「なんと……！」

「陛下。お気を確かに」

息子の思いがけない告白に王は狼狽《うろた》え、胸を押さえる。

隣にいた王妃が王の背中に手を回し、何度もさすっては動揺を宥めた。

そんなふたりを見て、ラッセル兄弟がここぞとばかりに口を挟んでくる。

「次期国王ともあろう御方が、よりにもよって礼拝堂で密会。その上、こんな子供相手に熱を上げているとはねぇ」

「実に由々しき事態でございます。シュタインズベリーに悪いことが起こる前触れでは」

「いっそのこと未来の王位を捨てて、真実の愛を貫いたらどうだ？」

「そうなったとしても私たちがおりますので、国の存続についてはご安心を」

好き勝手に言い散らかす従兄弟にブラッドフォードの拳がわなわなとふるえる。

それでも彼は己を律し、毅然とグレアムたちを睨めつけた。

「俺のことはいい。だが、レイモンドを悪く言うのはやめていただきたい。彼は代々王室に仕えるキングスリー公爵家の人間。そしてこれは俺の問題だ」

一触即発の空気にレイモンドはハラハラしながら成り行きを見守るばかりだ。

そんな中、王が重たい口を開いた。

「ブラッドフォード。そなたには幾度も儂《わし》の考えを伝えてきたつもりであったが、今一度、務めを説かねばならぬようだな。王というのは民を守り、国を発展させ、そして国そのものを存続させるものでなければならない。先祖からシュタインズベリーの命運を託されている存在と言っても過言ではないのだ。儂《わし》の言いたいことがわかるな。子供をもうけることのできない関係を許すわけにはいかない」

「おっしゃることはよくわかります。ですが、父上……！」

「二言はない」

ブラッドフォードが言葉を詰まらせる。

そんな中、王妃は顔を強張らせている息子に対し、痛ましそうにしながら口を開いた。

「ブラッドフォード。滅多に我儘を言わないあなたがはじめて我を通そうとしていることの意味を、母はよく理解しているつもりです。……それでも、この件に関しては陛下と同じ考えです」

「母上」

「おまえの一存で国を混乱させてはならない」

「父上！」

ブラッドフォードはさらに一歩前に踏み出す。

「これまで以上に政務に励み、必ずやシュタインズベリーを発展させるとお約束いたします。私の代で国を潰すようなことは決していたしません。ですから、どうか……！」

「ならぬ」

懇願する息子を、王はバッサリ一刀両断した。

「側仕えを愛妾とし、その上さらに正妻を娶《めと》るとでも言うつもりか。おまえは、そのような不実なものを国民に王と呼ばせるつもりか」

「いいえ。私にはレイモンドただひとりだけです」

「ならばなおさら許すわけにはいかぬ。そのものとも距離を置け」

これ以上は話しても無駄と考えたのか、王が玉座から立ち上がる。

それにブラッドフォードが必死に縋《すが》った。

「父上！　せめてレイモンドを側仕えとすることだけはお許しください。私のせいで城を追われるようなことになればキングスリー家の名折れ。どうか」

「殿下……」

この土壇場で、自分のことまで気にかけてくれるなんて。

驚きに目を瞠《みは》るレイモンドに、王は胡乱な目を向けて寄越した。

「そなたはどうだ。このような騒ぎになり、もはや城中のものが好奇の目でそなたらを見るだろう。それでもなおブラッドフォードに仕えるか。職を辞すと言うなら儂《わし》から相応の年金を出そう」

面倒事を早く片づけたいというようだ。

全員が息を呑んで見守る中、レイモンドは深呼吸をして気持ちを落ち着けると、自分自身の心の声に耳を傾けた。

王が持ちかけているのは取り引きだ。

息子を惑わせるものがいなくなればブラッドフォードは正常に戻るだろうし、国王直々に年金を支払ったとなればキングスリー家の名折れともなるまいと思ってのことだろう。

そんな提案を受けてしまえば、ブラッドフォードの想いを踏《ふ》み躙《にじ》ることになる。自分の気持ちにも嘘をつくことになる。だからできない。

それでも、心の中には迷いが生まれつつあった。

毒殺ルートから逃れる絶好のチャンスだったからだ。

王の言うとおりにすれば、ブラッドフォードから物理的に距離を置いて大好きな彼を守ることができる。王の申し出はブラッドフォードとレイモンドの両方にとって、まさに渡りに船に思われた。

——嫌だけど、でも、ブラッドフォード様のためになるなら……

断腸の思いでそっと彼の方を見る。

そこには、燃えるような眼差しでこちらを見据えるブラッドフォードがいた。

――行くな。どうか行かないでくれ。

青い瞳が訴えている。目と目を見交わしているだけでブラッドフォードの想いが染みこんでくるようだ。すぐには王の許しを得られずとも、せめて傍にいてほしいとの懇願に、レイモンドの心がグラリと揺れた。

王の提案に乗ることはお互いにとって良い選択かもしれないけれど、お互いが望まないなら選んではいけないはずだ。

それに、自分だってブラッドフォードと一緒にいたい。彼の傍で役に立ちたい。だからこれからもここで、すべてがうまくいくように頑張っていきたい。

レイモンドは強い気持ちで顔を上げ、まっすぐに王を見上げた。

「お暇はいただきません。これからも、殿下のお役に立ちたいと思っております」

その瞬間、王が眉間に皺《しわ》を寄せる。

けれど不機嫌も長くは続かず、やがて呆れたようなため息に変わった。

「幸福な未来など望めぬだろうに……。それで良いなら好きにするがいい」

「寛大なるお言葉、畏れ多いばかりでございます」

「父上、感謝申し上げます」

レイモンドの返事にブラッドフォードの声が重なる。

その力強い声音に励まされる思いで、レイモンドは雄々しい青い瞳を見上げた。

それからというもの、レイモンドとブラッドフォードの行動には監視がつくようになった。

毎日の楽しみだったアフタヌーンティーどころか、ダンスも、気晴らしの散歩さえすべて中止だ。仕事で接する時も変に勘ぐられたりしないように気を使わなければいけないので、終わるといつもヘトヘトになった。

あれ以来、国王とブラッドフォードの関係はギクシャクしたままだと聞く。

そのせいで城の空気は悪くなる一方だ。

――こんな時、ぼくにできることがあったらいいのに……

レイモンドはもう何度目かもわからないため息をついた。

けれど今は、何をしても裏目に出るだけだとわかっている。動きたいのに動き出せない、そんなもどかしさを抱えるレイモンドをシリルやコンラッド、それに他の側仕えたちが理解し、励ましてくれることだけが唯一の救いだった。

だからせめて、今は彼らのために頑張ろう。

ともすると暗くなりがちな気分をなんとか持ち上げ、廊下を歩き出したレイモンドは、向こうにシリルがいることに気づいて手をふった。

「あっ、レイモンドさん！」

それに気づいたシリルがパタパタと駆け寄ってくる。近くにいた侍従が咳払いで窘《たしな》めてもお構いなしだ。

「お疲れさまです。書類の整理は終わりました？」

「はい。午前中に預けていただいた分はすべて。これから図書室に行って、殿下が好きそうな本を何冊かお借りしようと思っています」

「いいですね。最近は気晴らしもできなくなっちゃって、お辛そうでしたから……」

シリルが小さくため息をつく。

このところ取り憑かれたように仕事ばかりするブラッドフォードが心配だったのだそうだ。

「せっかくレイモンドさんが来てくれて、毎日楽しそうになさってたのに……他の側仕えたちとも『殿下は変わったね』って話していたんですよ」

「変わった？」

「立場的に重責を負っていることには変わりなくとも、幸せそうなお顔をなさることが増えました。それがすごくうれしかったんですよね。コンラッドさんともよくそんな話をしてたんです。レイモンドさんのおかげですねって」

長年傍にいた人たちの目からもそう見えたならうれしいことだ。

それなのに。

「こんなことになっちゃって……」

「落ちこまないでください。レイモンドさんのせいじゃないですよ。それに、人が人を好きになるのにいいも悪いもないです。気づいたら好きになっちゃってるんです。そういうものでしょ？」

「え？」

思いがけない言葉に弾かれたように顔を上げる。

「あ、あの……すごく自然に受け止めてくださってるように思うんですけど、いきなりあんな話を聞いてびっくりしなかったんですか？」

「びっくりって？　あ、もしかして殿下がレイモンドさんをお好きだったってこと？　やだなぁ。そんなのバレバレだったじゃないですか」

「え？」

「えっ？」

「そうなんですか？」

「もしかして、気づいてなかったんですか!?」

顔を見合わせ、驚きのあまりぱちぱち瞬きをくり返していると、ついに我慢できなくなったのかシリルが「ぶはっ」と噴き出した。

「鈍いにもほどがある！　僕だって知ってたのに、当の本人が気づかないとか！」

「い、言わないでください……！」

恥ずかしさに身悶えるレイモンドに、シリルがなおも豪快に笑う。この調子ではコンラッドも、そして他の側仕えたちも皆把握していたのだろう。

小さな頃から本の虫だったレイモンドには恋愛の経験というものがまるでない。だからすべてが体当たり、ブラッドフォードの一挙一動に翻弄されるばかりだ。

彼に見つめられるとドキッとするし、微笑まれるときゅんとなる。

――もしかして、ブラッドフォード様もぼくを見てそんなふうになってるのかな？

そうだとしたら大変だ。自分があんな素敵な人をドキドキさせているなんて。

密かに胸を高鳴らせていると、シリルはようやく落ち着いたように白手袋で涙を拭った。

「こんなに笑ったの久しぶりですよ～。レイモンドさんに会ったら元気づけてあげようと思ってたのに、僕の方が元気をもらっちゃいました。これなら先に重たい話をしておけば良かったな」

「重たい話、ですか？」

「そうそう」

シリルが一呼吸置いて真面目な顔に戻る。どうやらあまり楽しい内容ではなさそうだ。

彼はさりげなく周囲に目を配ると、レイモンドをひとけのない柱の陰に引っ張っていった。

「実はね、コンラッドさんから聞いたんですが……」

なんでもあれ以来、グレアムが我がもの顔で王位を主張するようになっているのだそうだ。

男性を選んだブラッドフォードとは対照的に、自分は妻《めと》を娶って男子を産ませる。自分が王位に就けば跡継ぎの心配はないと大声で触れ回っているらしい。

ただでさえ二番目に継承権を有する彼だ。なんらかの理由でブラッドフォードが失脚するようなことがあれば、当然彼のもとに王冠が転がりこんでくる。それを自らの手で引き寄せようというのだろう。特に取り巻きの貴族たちが持《も》て囃《はや》しているようだとシリルはため息をついた。

「それだけでも充分ひどいんですけど、もっと気になることがあって……」

シリルは口元を覆いながらレイモンドの耳に顔を近づけてくる。

「ここだけの話、反逆の疑いもあるみたいなんです」

「え？」

「まだ噂なんですけどね」

ブラッドフォードを引き摺り下ろそうとしているばかりか、現国王にも退位を迫り、すぐにでも政権交代を図ろうとしていると囁《ささや》かれているらしい。「噂の出所はわからないんですけど……」と続けるのを聞いて、レイモンドは思い当たる節にハッとした。

——それ、きっとランドルフ様の仕業だ……

『シュタインズベリー物語』では、弟のランドルフが兄に反逆の疑いをかけて追い落とそうとするエピソードがある。成功すれば、彼にとって邪魔な存在である実兄とブラッドフォードをまとめて排除することができるからだ。

けれど、兄のグレアムは一枚上手だ。

弟の企みをいち早く察知し、反対に弟を襲って重傷を負わせることになっている。ランドルフはその時の傷がもとで二度と表舞台に復帰できなくなるという筋書きだ。

——このままだと、ランドルフ様が大怪我することになる……

数日前に会ったばかりの生真面目そうな顔が頭に浮かんだ。

正直なところ、彼に対してあまりいい印象はないけれど、とはいえ顔も名前も知っている相手が不幸になるのをただ黙って見ているのは辛い。悲惨な未来を知っているのに回避しようとしなくていいのだろうか。

そんなことを悶々と考えていると、懐中時計を開いたシリルが「あっ」と声を上げた。どうやら次の仕事の時間が迫っているらしい。

「すみません、バタバタと。また後で」

あっという間に駆けていく後ろ姿を見送って、レイモンドは小さく嘆息した。

「うーん。どうしよう……」

ランドルフのことを誰かに相談できたらいいのに、未来の話なんて誰にも言えない。困ったぞと腕組みをしながら考えこんでいると、後ろから聞き覚えのある声に呼び止められた。

「レイ！」

ふり返れば、セドリックが立っている。

レイモンドが城に上がってからも、姿を見かけるたびこうして声をかけてくれるのだ。やさしい兄はいつものようににこにこしながら顔を覗きこんできた。

「あぁ、やっとレイに会えた。三日ぶりだね」

「セディ兄様ったら。たった三日ですよ」

「俺にとっては永遠にも等しい三日間だったんだけどね……。ところで、どうしたんだい。こんなところで」

「いいえ、何でも。それよりセディ兄様は？」

「俺は仕事の帰りだよ。今日は父上の代わりに参議を務めてね。なかなか骨が折れた」

セドリックが肩を竦めてみせる。

補佐から正式な執政官に上がる日も近いと言われる兄のことだ。きっと頼りにされ、忙しくしているのだろう。

しばらくは仕事のことや家のことなど、他愛のない話をしていたものの、周囲から侍従や侍女がいなくなったと見るや、セドリックはすかさず声を潜めた。

「周りからやっかまれたり、酷いことはされていないかい？　辛い思いをしているなら我慢せずに言ってくれ」

「え？」

「同じ城の中にいて噂を知らないわけがない。俺や父上の耳にも届いているし、家では母上も心配している。いくら王子直々の申し出だったとはいえ、城仕えは断るべきだったんじゃないかって、父上が……」

「そ、そんなことありません！」

つい大きな声が出た。

「ぼくは、殿下にお仕えできてうれしいです。今も変わらずそう思っています」

「だが、その殿下はおまえに好意を持っていると聞いたよ。それを陛下に表明されたとも」

「そ、それは……」

ズバリと指摘されて言い淀む。

そんなレイモンドに、セドリックは心配そうに眉根を寄せた。

「おまえは、それがどういう意味かわかるかい？　これからどうなっていくのかも」

それはどういう意味だろう。

けれど、問いかけるより早くセドリックが首をふった。

「悪かった。意地悪なことを聞いた」

「兄様……」

「やっぱりレイは家にいるべきだったんだ。俺のかわいい弟がこんな試練に晒されるなんて、俺は兄として耐えられない……！」

「わっ」

ガバッと腕が回され、セドリックに力いっぱい抱き締められる。

「今からでも遅くない。レイ、お暇をいただこう」

「えっ」

唐突にとんでもないことを言われ、レイモンドはぶんぶんと首をふった。

「だめです。そんなことできません」

「どうして」

「だって、ぼくは殿下の側仕えです。たとえ見習いだったとしても、殿下のいらっしゃるところがぼくのいるべきところです」

「身の危険を冒してまでやらなくていい。他の道だっていくらでもある」

「ぼくがこれがいいんです。それに、大変なこの状況で自分だけ逃げ出すようなことはしたくありません。それこそキングスリー家の名折れです」

自分の意見をきっぱり言いきる。家にいた頃には考えられなかったことだ。

そんな弟を驚きとともに見下ろしながらセドリックは静かにため息をついた。

「そこまで強く思っていたなんて……」

「我儘でごめんなさい」

「いいさ。レイが我儘を言うなんて珍しいしね。俺にはもっと言ってほしかったけどね」

「え？」

「何でもないよ」

セドリックはやさしく笑いながら踵《きびす》を返す。

「それじゃ、俺は帰ろうかな。父上と母上にも今日話したことは伝えておく」

「ありがとうございます。お願いします」

去っていく兄の背中を見送りながら、レイモンドは自分の中から出てきた言葉に知らず胸を熱くするのだった。

13. 一進一退

その日の仕事が終わるなり、部屋に戻ったレイモンドは着替えもそこそこに机に向かった。

今、こうしている間にもブラッドフォードは針の筵《むしろ》に置かれ、父親との関係に悩みながら苦しい思いをしているだろう。それを少しでも和らげなければと思いついたのが未来日記だった。

レイモンドは引き出しから日記帳を取り出し、明日の日付で文章を綴《つづ》る。

「陛下と殿下の関係が劇的に回復しますように。すべてがもとどおりになりますように」

それが『シュタインズベリー物語』を大きく変える内容であることはわかっていた。

もしもこの願いが叶えば、話自体が破綻する。

王は子と和解し、あらためて第二王子に王位を継がせると宣言することで謀反の芽を摘むことができる。そうすれば誰も死なず、傷つかず、ラッセル兄弟が追放されることもない。レイモンドが悪役令息としてブラッドフォードを毒殺することもない。

四方良し、万々歳だ。

そんな、物語を根底から覆すほどの大改修が果たして叶うものだろうか。

それでも、思いきって奇跡に賭けた。

何の伝手もないところから憧れの人に出会わせてくれたり、城仕えをさせてくれたりと、多少の無茶も叶えてくれたペンタグラムとウロボロスだ。もしかしたらうまくいくかもしれない。

「お願い。叶って……」

祈りをこめて日記を閉じる。

その日は夢も見ずに昏々と眠った。

奇跡を願った未来日記だったが、二日が経ち、三日が経っても事態は何も変わらなかった。

日記帳に記した日付はとうの昔に越えている。それでも状況が一向に改善した様子もないことに、レイモンドはため息をつくしかなかった。

それどころか、ゴタゴタはブラッドフォードの兄のアーサーにまで飛び火したらしい。

シリルがアーサーの側仕えたちから仕入れてきた話によると、王はまだ妻もいない彼に向かって「早く世継ぎを」と命じているそうだ。さらには息子たちを関係国の姫君たちと結婚させようと、アーサーとブラッドフォードふたり分の花嫁選びをはじめたと聞いて卒倒しそうになった。

いくらなんでも無茶苦茶だ。

王はそんなに国の存続に危機感を抱いているのだろうか。

このまま物語のとおり進行すれば、王はすべてを失うことになる。誰もいなくなった城でひとり孤独のうちに死ぬ未来が待っているのだ。

せっかくそのことを知っているのに自分にはどうすることもできない。未来日記に回避を書いたところで、きっと前回のように物語の筋を大きく改変する願いは叶わないだろう。このレールから外れることは許されないのだ。

それでも、どうにかできないだろうか。

「……そうだ」

ふと、思いついた。

物語を大きく変えることができないのなら、小さな変更はどうだろう？

ブラッドフォードとの出会いなんて物語にはそもそも書かれていなかった。側仕え見習いとして働きはじめることも、毎日のお茶会も、散歩もダンスも何ひとつ物語にはなかったエピソードだ。それでも実現してきたということは、大筋に影響しない内容なら、あるいは叶うかもしれない。

「それなら」

頭に浮かんだのはランドルフのことだ。

近いうち、彼は兄の息がかかった男たちによって大怪我させられることになっている。暗がりで襲われ、殴る蹴るの暴行を受けた上、二度と自由に歩き回れないように両足の腱を切られるのだ。

この場面を読んだ時は怖くて怖くて、その日は布団を被ってふるえたものだった。

物語ではラッセル兄弟の傷害事件として扱われたこの内容を、軽い兄弟喧嘩程度にトーンダウンできないだろうか。喧嘩は喧嘩として残しつつも、生涯再起不能になるような怪我は避けられないだろうか。

それならば話の筋は変わらない。その後への影響も最小限で済むはずだ。

「よし。やってみよう」

レイモンドは引き出しから日記帳を取り出すと、どんな内容にすべきか考えはじめる。

まずは、出てくる人の数を減らすことにした。

大勢の屈強な男たちに囲まれては手も足も出ないし、一方的にやられるばかりになってしまう。

登場人物をグレアムとランドルフの兄弟ふたりだけに絞ることでダメージはグッと下がるだろう。

次に、武器を使わせないことにした。大怪我をしないよう、用いるのはお互いの拳だけだ。

この条件により、流れが決まった。

グレアムとランドルフはひとけのない廊下でたまたま顔を合わせて口論になり、グレアムが素手でランドルフに殴りかかる。

ランドルフは鼻血を出し、また口の中を切るなどの怪我をするものの、物語のような重傷を負うことはなく、翌日もいつもどおり登城できるというものだ。

一気に書ききったレイモンドは、日記を読み返して満足げに息を吐いた。

「今度こそうまくいきますように」

表紙のペンタグラムとウロボロスに願いをこめて右手を重ねる。

ランドルフがブラッドフォードに向けた誹謗中傷は決して許せるものではないけれど、だからと言って彼が不幸になることは望んではいない。ただそれだけだ。

レイモンドは無心で祈り、その日もあっという間に眠りに落ちた。

翌日の夕方。

ブラッドフォードのために借りていた本を返却しに図書室に行った帰りのことだ。ひとけのない廊下を歩いていたレイモンドは、ふと言い争う声を聞いて立ち止まった。

「――だいたい、おまえのやり方はせこいんだよ。あんなくだらねぇ噂ぐらいで相手が潰れると思ってんのか」

「だったらあなたは何をしたんです。何の役にも立たないくせに言うことだけはご立派で」

「なんだと。おい、誰に向かってそんな口利いてんだ」

「あいかわらず頭に血が上りやすいこと。弱い犬ほどよく吠えるとは言ったものですね」

「あぁ⁉」

とても城内で許される会話ではない。

驚いて辺りを見回したものの人の姿はなく、不思議に思って確かめてみると、ひとつだけドアが開いている部屋があった。どうやらその中から聞こえてくるようだ。普段あまり人が通らない場所ということもあって扉も閉めずに話し合いをはじめたのだろう。だいぶ激しく言い合っている。

――喧嘩かな……

物騒でちょっと怖い。

それでも無視して通り過ぎることはできなくて、恐る恐る中を覗きこんだレイモンドは驚きに「あっ」と声を上げそうになった。

狭い室内で睨み合っているふたりこそ、グレアムとランドルフだったからだ。

――もしかして、これ……！

未来日記に書いたことが実現するのかもしれない。

レイモンドは緊張しながら物陰に隠れて様子を窺《うかが》う。

誰かが固唾《かたず》を呑んで見守っているとも知らず、ラッセル兄弟は口汚くお互いを罵り続けた。

「おまえはいつもそうだよなぁ。俺の後ばっかついて回って、ひとりじゃ何もできないくせに」

「あなたが粗相ばかりするせいで、その後始末をしてあげているんですよ」

「言っとくが、継承順位は俺の方が上だ。俺が王位に就く可能性の方が高いんだぜ。そんな舐めた口利いていいのかよ」

「あなたのような人が王位に就くなど不幸のはじまりでしかありませんね。国が崩壊する」

「へぇ。真っ先に処刑してほしいみたいだな。どんな拷問で痛めつけてやろうか」

「その前にあなたを玉座から引きずり下ろしますよ。王の資質というものを皆に見せつけてね」

威圧的に絡む兄のグレアムと、怯むことなく煽り立てる弟のランドルフ。

その醜い言い争いたるや、見ているだけでも呆れてしまう。血筋がつながっているというだけでこんな人間でも継承権を有しているなんて。ふたりと対峙しなければならないブラッドフォードは毎日さぞ大変な思いをしているだろう。

こっそりため息をつくレイモンドをよそに、ふたりの会話はさらにヒートアップしていった。

「おまえが任せろって言うから任せてやったんだぞ。さっさとブラッドフォードを何とかしろ」

「どうしてそう短絡的にしか考えられないんでしょうね。第二王子を殺して継承順をくり上げろとでも？　あなたはどうしてそんなに馬鹿なんですか」

「あぁ!?　人に襲わせるなり毒飲ませるなりすりゃいいだろう。いつまでチンタラやってんだって言ってんだ。おまえがやらないなら俺がやるぞ」

「おやめなさい。あなたに務まるわけがない。あっという間に証拠を並べられて処刑台行きです」

「おまえには任せておけないって言ってんだ」

「あなたと一蓮托生《いちれんたくしょう》なんてまっぴらご免です。死にたければひとりでどうぞ。その方が私も手間が省けてありがたい」

「な、んだと……てめぇ、さっきから聞いてりゃ調子に乗りやがって……！」

ついに堪忍袋の緒が切れたのか、グレアムが勢いよく拳をふり上げる。

その後は、レイモンドが日記に書いたとおりの展開になった。

ランドルフも抵抗しようとしたものの、グレアムの方が身体が大きく、喧嘩慣れしていることもあって反撃はおろか、防御一点張りにしかならなかった。きっと昔からこうなのだろう。弟が口で勝ち、兄が拳で黙らせる、そんな兄弟喧嘩はあっという間に終結した。

「くっ、……こんな……」

床に倒れたランドルフは悔しそうだ。口の端から血を流しながら呻《うめ》いている。

それでも時折、呻《うめ》きに混じって兄への恨み言のようなものも聞こえてくるから、意識ははっきりしているようだ。大事に至らなくて本当に良かった。

――日記、叶えてくれたんだ……！

物陰で両手を握り締めながらレイモンドは歓喜にふるえる。前回は残念ながら期待どおりにはいかなかったけれど、今回は逆にうまくいった。作戦成功だ。

どうやらあの日記帳には『応える範囲』があるようだ。

ここ数回の経験から言うと、物語を大きく変えるような願いごとはすべてＮＧ。

反対に、後の流れに影響しない小さな変更や、エピソードの追加ぐらいなら大丈夫そうだ。

これは今後の未来日記の指標にもなるだろう。

レイモンドが分析する先で、勝者のグレアムがベルを鳴らした。

やってきた侍従たちは室内の惨状を見るなり声を上げかけたものの、グレアムに睨みつけられて口を噤《つぐ》んだ。彼らは倒れていたランドルフを助け起こし、治療を受けさせるべくつき添って部屋を出ていく。

ああしたことは彼らにとって日常茶飯事なのだろうか。この城の暗い部分を見てしまったようでなんとも後味が悪い。

それでも、まずは大事に至らなかったことにホッとしながら踵《きびす》を返した、その時だった。

「誰だ！」

14．毒殺カウントダウン

ひとけのない廊下にグレアムの声が響き渡る。

その瞬間、レイモンドはハッと身を竦ませた。

――やっちゃった……！

うっかり物音を立ててしまったのだ。

レイモンドは必死に縮こまったものの、足音荒く部屋の外に出てきたグレアムにあっという間に見つかってしまった。襟を掴まれ、問答無用で引きずり出される。

「なんだ。ガキじゃねぇか」

グレアムは鼻白んだように吐き捨て、一度目を逸らした後で「……待てよ」ともう一度こちらに視線を戻す。

「おまえ、あん時のガキか？」

「え？」

「ブラッドフォードの腰巾着だろう。第二王子を誑《たぶら》かすたぁ、どんな手練手管を使ってやがる」

「ぼ、ぼくは誑《たぶら》かしてなんて……」

「ここで何をしていた」

グレアムの声音が変わった。

ヘナヘナと尻餅をつくレイモンドと目の高さを合わせるように彼はゆっくりしゃがみこむ。

「いつからここにいた。おまえは何を見た。……ここであったことはだいたい知ってるって顔だな。俺とランドルフが何をしていたかも、俺がランドルフに何をしたのかも。まさかおまえが俺たちを嗅ぎ回っていたとは知らなかった」

「そ、そんなことありません。今日はたまたま……」

「そんな言い訳が通用するとでも思ってんのか。おまえには悪ィがこのまま見逃してやるわけにはいかねぇな」

冷たい声に息を呑む。これから良くないことが起こる——それは確信だった。

「おまえを放せば、おまえは見聞きしたことを誰かに喋る。すぐにブラッドフォードや陛下の耳に入るだろう。そうすれば俺には城内で騒ぎを起こした不届き者としてそれなりの処分を下される。それはランドルフの取り巻きに餌を与えてやるに等しい。自分が不利になるとわかっていて、どうしてみすみす手を放せると思うんだ」

「そんなの、ぼくには関係ないはずです」

「いいや。おまえはもう俺たちの目的を知った。知らなかった頃には戻れねぇよ」

「そんな……お願いです。誰にも言いません」

「誰が信じるか」

「本当です。誰にも。信じてください」

必死に訴えるしかできない。

グレアムはつまらなそうな顔で嘆願を聞いていたが、ややあって考えが変わったのか、ニヤリと口端を持ち上げた。

「……そんなに言うなら、おまえにチャンスをやる。俺が何がほしいか当ててみろ」

「え？」

いきなり何を言い出すのだろう。グレアムのほしいものなんて自分にわかるわけがない。権力を掌握することしか考えていない、血を分けた兄弟さえ大切にしないような人の……

そこまで考えて、レイモンドはハタと動きを止めた。

「まさか……」

「察しが良くて助かるぜ」

顔を上げれば案の定、グレアムがニヤニヤと嗤《わら》っている。

「俺がほしいのはこの国の王冠だ。それ以外に興味はない。だが、俺の手に転がりこんでくるには少し遠い。邪魔者がいるんだ。それが誰か……もうわかるな？」

これ以上ないほど目を見開きながらレイモンドは首をふった。否定せずにはいられなかった。

それでも、グレアムは無情にも次の一言を発してしまう。

「ブラッドフォードを毒殺しろ」

「……！」

「陛下は王子たちに花嫁をと躍起になっておられる。ブラッドフォードが妻を娶《めと》ればますます王位継承の正当性が増すだろう。だから、そうなる前に消さなくちゃならない。側仕えとしてあいつの周囲をウロつけるおまえは適任だ」

目の前が真っ暗になった。

まさに『シュタインズベリー物語』のとおりだ。あんなに回避しようとしてきたのに、強い力に引っ張られるようにどんどん話の渦に巻きこまれていく。

それでも運命に抗うようにレイモンドは毅然と首をふった。

「嫌です！　絶対に！」

「へぇ。断るのか。この俺が誰かわかって言ってるのか」

「グレアム様です」

「そうだ。グレアム・ラッセル公爵様だ。王族の血が流れている尊い存在だ。この俺が白と言えばすべてのものは白くなる。逆らうものなど誰もいない」

グレアムはほの暗い笑みを浮かべ、ゆっくりと立ち上がる。

「おまえの父親は第一執政官だったなぁ。おまえの兄も、もうすぐ補佐から執政官に昇進する話があるそうじゃないか。親子揃って罷免《ひめん》されでもしたら、さぞ家の名に傷がつくだろうな」

「罷免《ひめん》？」

「第一執政官ともなれば、国の貿易にも口を出せる立場だ。関税官に賄賂《わいろ》を渡して私腹を肥やしていたとしてもおかしくない。たとえば、シュタインズベリーに入ってきた品物の違法性を無視して闇市に流させる。おまえの父親は売り上げを回収し、関税官にキックバックを渡す。息子もそれを手伝っている……なんてな。いかにもありそうな話じゃないか」

「なっ」

「あぁ、それからおまえには母もいたな。若い頃は絶世の美女と謳われたそうじゃないか。そんな美しい母親の顔に、自分のせいで傷でもついたら……」

「や、やめてください！」

考えるだけで恐ろしい。

ふるふると首をふるレイモンドに、グレアムは容赦なく嗤《わら》った。

「そんなの朝飯前だ。おまえが俺の頼みを断ったならな」

こんなところまで物語そのものだなんて。

今ほど話の中の『レイモンド』に共感したことはなかった。こんな理不尽なことがこの世にあるだろうか。

家族の顔が頭に浮かんだ。

父ダニエルは、先祖代々王室に仕えるキングスリー公爵家の人間として、執政官の仕事に誇りを持っている。兄のセドリックも父を尊敬し、その背中を追って執政官補佐として日々研鑽に励んでいる。そんなふたりから職務を奪うことなんてできない。

母マリアも家族思いのやさしい人だ。家族みんなが心から彼女を愛している。そんな母親に辛い思いをさせるなんて耐えられない。

けれど、だからといって、ブラッドフォードを毒殺する役目を引き受けるわけにはいかない。

――なんとか……なんとかしなくちゃ……

レイモンドは恐ろしさをこらえ、懸命にグレアムに縋《すが》った。

「お願いです。家族に手を出さないでください。ぼくは誰にも言いません。この命に替えても」

「おまえなんかの命に何の価値があるんだ。そんなもの俺は興味ない」

「お願いです、グレアム様！」

「うるさい。ガキの分際で」

「あっ」

苛立ちを叩きつけるように足を払われ、レイモンドは冷たい床に蹴り飛ばされる。

「ふたつにひとつだ――おとなしく俺の言うことを聞いてブラッドフォードに毒を飲ませるか、それとも自分のせいで家族が犠牲になるのを傍観するか。好きに選べ」

「そんな、グレアム様！」

追《お》い縋《すが》る手をふり払ってグレアムが踵《きびす》を返す。

それきり彼は、こちらをふり返ることなく立ち去っていった。

15. 悪役令息、城を飛び出す

呆然としたままどれくらいそうしていただろう。

いつの間にか日は傾き、窓の向こうには薄闇が広がりはじめていた。

レイモンドは冷たい床からノロノロと立ち上がり、あらためて懐中時計を確かめる。まだ仕事の途中だった。急いで戻らなくては。

頭ではそう思えるのに、気持ちがそれに追いつかない。

――おとなしく毒を飲ませるか、家族が犠牲になるのを傍観するか。

グレアムの声が呪いのように頭の中をぐるぐる回った。

「……っ」

いけない。このままだと良くない考えに取り憑かれてしまいそうだ。

まずはこの場を離れようと歩き出してすぐ、向こうからシリルがやってくるのが見えた。

「レイモンドさん。良かった、行き違いにならなくて。図書室に行ったたって聞いたので……って、レイモンドさん？」

にこにこ手をふっていた彼は、けれど表情がわかる距離まで来るなり驚いたように目を瞠《みは》る。

「ちょっと、どうしたんですか。顔が真っ青ですよ。何があったんです」

「え、と……あの……」

両の二の腕を掴まれ、心配そうに顔を覗きこまれて、レイモンドは言葉に詰まった。

何から話せばいいのだろう。一言で説明するにはあまりに多くのことが起きてしまった。

口を開けては閉じるをくり返すレイモンドに、シリルは安心させるように頷いてみせる。

「無理しなくていいです。まずは落ち着けるところに行きましょう。話はそれから」

彼はそう言って、蹌踉《よろ》めくレイモンドを支えながら使用人部屋まで連れていってくれた。ここはブラッドフォードの側仕え五人が共同で使っている、ちょっとした作業部屋のようなものだ。

今は他のメンバーはいないようで、ふたりきりで小さなテーブルに向き合った。

「何か飲みますか。お茶、淹《い》れてきましょうか」

「いえ、何も……」

気持ちはとてもうれしいけれど、今は喉を通りそうにない。

素直に言うと、シリルは痛ましいものを見るように顔を顰《しか》めた。

「わかりました。それじゃ、このままお話させてもらいますね。……さっきのこと、訊いてもいいですか？」

その瞬間、グレアムの顔が脳裏に浮かぶ。自分を脅していたあの無慈悲な顔だ。それから、彼に痛めつけられたランドルフの苦しげな顔。そして、ブラッドフォードや家族の顔も。

どこから話せばいいだろう。

「ぼく……ぼく、は……」

レイモンドは懸命に言葉を紡ごうとしたものの、それは音になる前に消えた。話せることが何もないと気づいてしまったからだ。

ラッセル兄弟の喧嘩の件を口外したら間違いなく報復が下る。

けれどそれを打ち明けなければ、その後に続く脅しも絶望も何ひとつ共有することができない。

「………ごめんなさい」

謝るしかないレイモンドに、シリルは小さく嘆息しながら首をふった。

「いいんですよ。大丈夫。思い詰めてるように見えて心配だったから訊いたんです。でも、話せることと話せないことってありますもんね。タイミングもあるだろうし」

「シリルさん……」

「何があったかはわからないけど、僕はレイモンドさんの味方ですから。僕だけじゃなく殿下も、コンラッドさんも、他の側仕えたちもみんなですよ。だからひとりで抱えこまないでくださいね。荷物が重たくなったらいくらでもブン投げていいんです。僕にだって、殿下にだって」

「で、殿下に……?」

「っていうのは冗談ですけど」

シリルが悪戯《いたずら》っ子のようにくすりと笑う。

それにつられてレイモンドも少し笑ってしまった。

「そう。その笑顔です」

彼はますます笑みを濃くする。

「レイモンドさんは笑ってるのが一番似合うから、早く元気になってくださいね。でも無理だけはしないように。あと、話したくなったらいつでも聞きますからね」

「何から何まで、本当にありがとうございます」

「なーに言ってんですか。側仕え見習いとして、大忙しの僕らを支えてくれたのはレイモンドさんですよ。今度は僕たちが助ける番です」

シリルは自分の胸をドンと叩いてみせた後で、「あ、そうそう」とつけ加えた。

「ついでと言ってはなんですけど、もしかしたら元気になるかもしれないのでお伝えしておきますね。レイモンドさんが側仕え見習いをはじめてちょうど一ヶ月になるので、この機会に正式に側仕えに昇格させようって殿下がおっしゃってました。明日、辞令が下りると思います。明日からは僕らと同じですよ。良かったですね、レイモンドさん」

「えっ……あ、……ありがとうございます」

「ふふふ。びっくりしましたよね。それじゃ、僕はこれで」

「はい」

にっこり笑ってシリルが部屋を出ていく。

同僚を見送ったレイモンドはひとり、愕然としながら目を泳がせた。

「どうしよう………」

とうとう側仕えになることになった。

これで、物語の設定はすべて整ってしまった。

足元から崩れ落ちていきそうな恐ろしさにふるえながら書きもの机に向かい、日記帳を取り出す。頼れるものはもうこれしかない。

「お願い。助けて……」

表紙のペンタグラムとウロボロスに祈りをこめ、レイモンドはそっとページを開いた。

中には何気ない日常を綴《つづ》ったもの、未来の日付で願いをかけたもの、様々な文章が並んでいる。叶えられた希望、叶わなかった希望、それらをひとつひとつ読み返しながらレイモンドはこれからどうすべきかを考えた。

――おとなしく毒を飲ませるか、家族が犠牲になるのを傍観するか。

「どっちもできない。どっちもだめだよ」

けれど、そのどちらもが物語の筋書きどおりだ。自分は近い将来ブラッドフォードを毒で殺し、そして家族を皆殺しにされる。それは決定事項なのだ。

「……っ」

それでも運命に抗いたくて羽根ペンに手を伸ばしたものの、叶えられなかった未来日記のページを見つけて我に返った。

ブラッドフォードと王の関係を憂いた時のものだ。

ふたりの関係がもとどおりになりますようにと祈ったけれど、未来日記は応えてくれなかった。どんなに願っても、祈っても、『シュタインズベリー物語』の流れを大きく変えることは許されないからだ。

つまり、もうどうすることもできない。

それは自分が悪役令息になることを意味する。

いや、ブラッドフォードと親しくなり、城に上がった時点でそうなりかけていたのかもしれない。

いくつも分岐があったはずなのに、気づいたら毒殺ルートを選択していただけかもしれない。

「そんな……」

自分の迂闊《うかつ》さに押し潰されそうだ。

それでもレイモンドは懸命に己を奮い立たせ、できることを考え続けた。

今ここで諦めたらすべてが終わってしまう。破滅の道を転げ落ちてしまう。自分のことはいい。だけど、ブラッドフォードを死なせるわけにはいかない。

「この命に替えても」

強い気持ちで毒殺ルートの回避を心に誓う。

ここからは未来日記にも頼れない。

この身ひとつで、どうやったらブラッドフォードを守れるだろうか――――レイモンドは来る日も来る日もそればかりを考え続けた。

そうして三日後、ひとつの結論に辿り着く。

離れよう――――

もう一度、物語の舞台から下りるのだ。小さなボートに乗って家を出ようとした時のように。

両親やセドリックの顔が頭に浮かんだ。

もう二度としないと約束したのに、よりによって城から逃げ出すなんて家族は何と言うだろう。キングスリー家として王室に顔向けできないと嘆くかもしれない。レイモンドを情けなく思うかもしれない。

それでも、命には替えられないのだ。

ブラッドフォードの命も、家族の命も、守るにはもうこれしかないんだ。

あぁ、やっぱりあの時、王の言葉に従っていれば良かった。金に目が眩んだと後ろ指を指されようと、年金を受け取り解任してもらっておけば、こんなことにはならなかったのに。

一瞬後悔が胸を過《よぎ》ったが、レイモンドは強く首をふった。

今はそんなことを考えている場合ではない。後ろを見ても何も変わらない。変えていかなければいけないのは未来だ。

あらためて自分自身に言い聞かせ、レイモンドはまっすぐ前を向いた。

差し当たっては家に戻り、そこで事情を説明して匿《かくま》ってもらおう。レイモンドはいない、どこへ行ったかわからないと嘘の芝居を打ってもらおう。それもこれもグレアムの目から逃れるためだ。そうしてほとぼりが冷めた頃合いを見計らって父親からブラッドフォードに対して正式に謝罪を申し入れてもらうしかない。

レイモンドは心を決め、少ない荷物をまとめた。この期に及んでブラッドフォードの顔を見れば決心が揺らぐかもしれないし、シリルに話しても絶対に止められる。だからこっそり抜け出すしかない。

恩を仇で返すことへの罪悪感に苛《さいな》まれる。
それでもレイモンドは己を鼓舞すると、紙片に短い書き置きを残し、使用人部屋を後にした。

《お世話になった皆さまへ》
短い間でしたが、大変お世話になりました。
こんな形でお別れすることを心からお詫びいたします。
殿下のお傍にいられましたことは、ぼくの人生の誇りです。
どうか、これからもお元気で……

16. 絶体絶命の大ピンチ！

黄昏《たそがれ》がすべてを包む。

レイモンドは城内を行き交う侍従たちの目を盗んで主塔の裏口から外に出ると、建屋伝いに外を目指した。

すると貯蔵庫のすぐ近くに、荷下ろし途中の荷車らしきものが停まっているのが目に飛びこんでくる。食料や酒を運び入れているところなのだろう。荷台にはもう荷物らしいものはなく、荷台を覆うための幌布が一枚かけてあるだけだ。

それを見た瞬間、閃《ひらめ》いた。

レイモンドは周囲に目を走らせ、誰もいないことを確認すると大急ぎで荷車に駆け寄る。商人が戻ってくるまでにすべて済ませなければならない。逸《はや》る気持ちを抑えて薄汚れた幌布の下に身体を滑りこませ、小さくなって息を殺した。

これでうまくいくだろうか。

ドキドキと胸を高鳴らせながらじっとしていると、しばらくして商人が戻ってきた。

誰かと話すような声が聞こえた後、彼は荷台に人が隠れているとも知らずに荷車を引きはじめる。

ガタン、という軽い衝撃とともに車輪が回り出した瞬間、レイモンドは叫び出しそうになった。

――やった！

息を潜めておとなしくしていると、ほどなくして荷車は城の正門に差しかかる。一度車が止まり、商人が門番とやり取りしている声が聞こえた。

けれどそれもすぐに終わり、荷車は再びゴトゴトと音を立てながら城の正門を潜り出る。

城に出入りするものはひとり残らず厳しくチェックされるのが決まりだ。どうやって門番たちの目を掻い潜ろうと思っていたけれど、まさに渡りに船、こんなにうまくいくとは思わなかった。

それでも外に出たとわかった瞬間、一抹の寂しさが胸を過《よぎ》った。これでもうブラッドフォードに会うことはない。それを思うと息が詰まりそうになる。

――でも、これはブラッドフォード様をお守りするためなんだから……

そう自分自身に言い聞かせ、レイモンドは強い気持ちで唇を引き結んだ。

――さようなら、ブラッドフォード様。さようなら、シュタインズベリー城。

惜別の思いとともに荷車は石畳の坂を下っていく。

しばらく揺られていると、不意に振動がおだやかになった。地面が石畳から土に変わったのだ。第一の城門も抜け、城の斜面へと差しかかったのだろう。この辺りは周辺に木が生い茂り、自然の要塞としての役割を果たしている。

幌布の下からそっと様子を窺《うかが》ったレイモンドは、向こうから貴族の馬車がやってくるのを見て、今がチャンスと荷車の後ろから飛び降りた。商人が馬車を避けようと、そちらへ意識を集中させたためだ。これなら自分ひとり分の重さがなくなってもすぐには気づかないだろう。

――よし、いいぞ。

まるで本で読んだ冒険譚のようだ。

緊張と昂奮に胸を高鳴らせながら木々の間に飛びこむと、レイモンドは後ろをふり返ることなく一目散に走りはじめた。

目指すは屋敷だ。

このまま丘を下り、その先にある大きな橋を渡れば、かつてセドリックと訪れたあの街に入る。ブラッドフォードと出会った思い出の大通りを突っ切って城塞の門を潜り、馬車で二、三十分もいけば懐かしい我が家、キングスリー家の屋敷に到着だ。

冷静に考えれば、あまりに遠い道のりだった。生まれてこのかた馬車でしか遠出したことのないレイモンドにとって、そのすべてを足に頼るなど前代未聞の大仕事だ。

それでも、やり遂げるしかない。

「はぁっ……はっ……はぁ、っ……」

案の定、いくらも行かないうちに息が上がった。

太腿は燃えるように熱くなり、走り慣れていないせいで何度も滑って転びそうになる。それでも、どんなに苦しくてもレイモンドは懸命に走り続けた。

この丘を下れば橋に近づく。

あの橋を渡れば街に入れる。

必死に自分を奮い立たせながら駆けていた、その時だ。

「おい、いたぞ！」

背後で野太い声がした。

「いたぞ！　あそこだ！」

「逃がすな！　捕まえろ！」

パッと見ると、男たちが猛烈な勢いでこちらに迫ってきている。グレアムとその取り巻きたちだ。

見つかったのだ。

「……っ」

身の毛もよだつ恐ろしさにレイモンドは息を呑んだ。

反射的に身を翻し、再び走りはじめる。頭の中が真っ白になって生きた心地がしなかった。

――どうして。どうして。

誰にも気づかれなかったはずだ。荷台に乗りこんだ時も、城門を潜る時も、荷車から降りた時ですら誰もレイモンドの存在を知らなかったはずなのに。

「追え！　逃がすな！」

グレアムの声がどんどん近づいてくる。ブラッドフォードを毒殺しろと迫った声が今また自分に向けられている。

――助けて。助けて。

恐怖のあまり、半ばパニックになりながらレイモンドは必死に足を動かし続けた。

木の枝に引っかかってシャツが破れても、懐中時計のチェーンが切れてもお構いなしだ。彼らに掴まったら終わりだと自分に言い聞かせて駆け続けた。

けれど、運命の女神は残酷だ。

奮闘を嘲笑うかのように足が木の根に引っかかった。

「あっ！」

勢いよく転んだ拍子にポケットの懐中時計が外に飛び出す。

――父様たちにいただいたもの……！

とっさに拾いに戻ったレイモンドの視界に、とうとう男たちの靴が飛びこんできた。

「追いかけっこは楽しかったか」

「あ……」

地面に両膝をついた状態で顔を上げる。

そこには、グレアムが薄笑いを浮かべながらこちらを見下ろしていた。

呆然とするレイモンドを取り巻きたちが取り囲む。その数、ざっと十人はいるだろうか。強面で無表情な男たちに混ざって、グレアムだけは愉快でたまらないという顔をしていた。

「ずいぶん呆気なかったなぁ。もっと手こずらせるかと思って期待してたんだが」

「どう、して……」

「おまえが怖じ気づいて逃げ出すことなんざお見通しだ」

グレアムがニヤリと口端を持ち上げる。

その口から明かされた事実にレイモンドは言葉を失った。

自分が乗りこんだ商人の荷車、あれはグレアムの罠《わな》だったのだそうだ。彼の息がかかった商人が門番と結託してレイモンドを外へ運び出し、適当なところで逃げるチャンスを与える。そうすればレイモンドは与えられた仕事を放棄して逃げ出した罪人ということになる。

「そんな……」

「俺の命令を無視して逃げ出すとはいい度胸だ」

グレアムはゆっくりその場にしゃがむと、膝立ちのままのレイモンドの目をじっと見据えてくる。人を人とも思わない冷たい目つきにふるえながらもレイモンドは懸命に首をふった。

「ぼ、ぼくは、殿下のお命を奪うなんてできません」

「俺の言うことが聞けないってわけだ。それなら、おまえにはここで死んでもらおう。俺の命令に背いた罰だ」

「なっ」

急いで逃げ出そうとしたものの、それより早く男たちに羽交い締めにされる。

「は、放して……放してくださいっ」

「おまえの命なんぞに興味はないが、あいつが大切にしているものを奪って精神的に苦痛を与えるのもおもしろいだろう。その後で殺した方が二度愉しめる」

「な、んて、ことを……」

どこまで性根の腐った男だろう。さっきまで恐怖にふるえていた身体が今は怒りでふるえてくる。

そんなレイモンドなどお構いなしに、グレアムは取り巻きのひとりに顎《あご》をしゃくった。

男は腰から短剣を抜き、じりじりとレイモンドに近づいてくる。

「口を閉じていろ。声は出すな。その代わり、ひと思いに殺してやる」

「な……」

薄闇の中でギラリと光る刀身を見た瞬間、全身からドッと汗が噴き出した。

あれで刺されたらひとたまりもない。二度と家族に会えなくなる。シリルにも、コンラッドにも、お世話になった人たちにも、そして大好きなブラッドフォードにも。

さようならと心の中で何度も告げたはずなのに、今さらのように未練が募った。

これが悪役令息の行く末なのか。

毒殺ルートを回避したかっただけなのに、結局殺されてしまうのか。

「やめ……、やめて……やめてください！」

ガタガタとふるえるレイモンドの耳に、無情なグレアムの号令が飛びこんでくる。

「やれ！」

「やめて――――！」

剣がふり上げられる気配にぎゅっと目を閉じた、その時。

「何をしている！」

黄昏《たそがれ》の空を劈《つんざ》くような怒号が響いたかと思うと、いっせいに足音が近づいてきた。

信じられない思いに目を開ければ、グレアムたちの背後からブラッドフォードが丘を下ってくるのが見える。城で過ごす時の優雅な出で立ちとはまるで違う、臨戦態勢を整えた軍服だ。息も荒く駆けつけたブラッドフォードは、これまで見たことがないような憤怒に満ちた表情をしていた。すぐ傍にはコンラッドが、そのさらに後ろには武装した男たちがずらりと並ぶ。あれが噂に聞く王子付きの部隊だろう。ブラッドフォードは自ら親衛隊を率いて助けにきてくれたのだ。

——これは、夢……？

瞬きもせずにブラッドフォードを見つめる。

そんなレイモンドを一瞥すると、彼はまっすぐにグレアムを睨めつけた。

「答えろ、グレアム。レイモンドに何をしていた。刀を向けて何をしようとしていたのだ！」

だが凄まれてもグレアムは意に介した様子もなく、「ハッ」と嘲笑するばかりだ。

「王子様直々にお出ましとはつまらんな」

「答えろ、グレアム！」

言葉尻を奪う勢いでブラッドフォードが一喝する。

これにはさすがのグレアムも戦《おのの》いたようで、渋々ながらブラッドフォードに向き直った。

「おまえさんの想像どおり、そいつを始末しようとしてた。この俺の命令に背いたもんでな」

「レイモンドは俺の側仕えだ。おまえの命令には従わない」

「生憎だが、それでも従わなくちゃならない理由があるんでね。おまえは知らないだろうが」

「なんだと……？　どういうことだ、レイモンド」

ブラッドフォードが訝しげな視線を寄越す。

けれど、口にするわけにはいかなかった。今ここで口外すれば間違いなく家族を殺される。

目を泳がせるばかりのレイモンドを見て、グレアムがニヤリと嗤《わら》った。

「俺とそいつとの秘密なんだよ。主が相手だろうと喋れるもんか」

「な……」

ブラッドフォードの視線が揺らぐ。

「レイモンド。グレアムの言う秘密とは何だ。何か疚《やま》しいことでもあるのか」

「違います。決して殿下に背くようなことは何も……お願いです。信じてください」

肝心なことを話せないままでは話の説得力も薄い。それでも一縷《いちる》の望みを託して、レイモンドは彼の目を強く見つめた。

それを見て、ブラッドフォードがひとつ頷く。

「わかった。おまえの言うことだ。信じよう」

「殿下！」

願いが通じた。信じてもらえた。胸がふるえるほどうれしい。

ふたりのやり取りに忌々《いまいま》しげに舌打ちしたグレアムが取り巻きに何かを吹きこんだ。

男たちはすぐさまグレアムとレイモンドを囲うように隊列を組み直し、ブラッドフォードたちを輪から閉め出す。何をするつもりかと思っていると、先ほどレイモンドに刃を向けた男が再び剣を握り直した。

「……え？」

「気が変わった。公開処刑に切り替える」

「なっ」

「レイモンドに何をする気だ！　今すぐその剣を下ろせ！」

ブラッドフォードが声を上げる。

親衛隊は取り巻きの輪をさらに外側から包囲し、隊長の合図でいつでも圧力をかけられるよう、それぞれが腰の長剣に手をかけた。

対する取り巻きたちも剣を抜き、近づくなら叩き切ると脅しをかけてくる。

まさに一触即発の空気の中、グレアムはさらにブラッドフォードを煽り立てた。

「いい子の王子様は黙って見てな。大事な側仕えが罪人として死ぬところをよ」

「レイモンドを罪人呼ばわりするな。彼への侮辱は俺への侮辱。同じ王族としても許しはしない」

「ハッ。さすがお気に入りだけあって執着は大したもんだな。そんなおまえの顔がぐちゃぐちゃに歪むところが見たいんだよ、俺は」

グレアムが鼻で嗤《わら》う。

その瞬間、ブラッドフォードの纏う空気が変わった。

「この国の王子として正式に要求する。速やかにレイモンドを解放し、心より謝罪せよ」

凄みのある声は低く、怒りにふるえている。

けれど、彼がどれだけ自制心によって衝動を抑えようとも、その真意も言葉の意図もグレアムに通じることはなかった。

「やなこった。こんな捨て駒ひとつに、冗談じゃない」

「そうか……ここまで言っても通じないとは残念だ。ならばどうなるかおまえに教えてやろう」

「へぇ。何を教えてくれるってんだ。側仕えの殺し方か？」

ブラッドフォードが殺気立つ。彼の身体の周囲を青い炎が包むかのようだ。

「……コンラッド」

「かかれ！」

側近の目配せで親衛隊隊長が号令を出す。

隊士たちはいっせいに剣を抜き、グレアムの取り巻きに襲いかかった。

「行け！　ひとり残らず生け捕りにせよ！」

「うおおお！」

たちまち辺りは阿鼻叫喚《あびきょうかん》の坩堝《るつぼ》と化す。金属同士が打ち合う甲高い音が鳴り響き、火花が散り、男たちの叫びや呻《うめ》きがいくつもそれに重なった。

驚いたのは、レイモンドを取り囲む男たちの背後にまで隊士たちが回りこんでいたことだ。こうなることを予想して事前に隊を分けていたのだろう。気づかれぬよう時間をかけて背後に迂回し、タイミングを見計らっていたのだ。ブラッドフォードがすぐに攻撃に出ず、話し合いにこだわっていたのはこうした背景もあったのだろう。

「おい！　こっちにもいるぞ！」

「まだいたのかよ！」

正面のブラッドフォードたちの相手で手一杯だった取り巻きらは、背後に迫った親衛隊の面々に悲痛な叫びを上げた。

さっきまでレイモンドに剣を突きつけていた屈強な男でさえ、あっという間に親衛隊にやられて戦線からは離脱している。その上さらに追加勢力に対応するのは困難だろう。男たちが見るからに青ざめていくのがわかった。

敵側の戦意が急速に下がっていく中、親衛隊たちは正面をこじ開け、輪の中心にいるグレアムに迫る。

「く、来るな！　来るな！」

グレアムはなりふり構わず取り巻きらの後ろに隠れ、それでもどうにもならないと悟るや今度は倒れた仲間から無理矢理剣を毟《むし》り取った。戦うつもりかと見ていると、突然襟首を掴んで引き寄せられる。

「おい！　こいつがどうなってもいいのか！」

「……っ」

しまった。

一瞬の出来事で逃げるのが遅れた。自分を盾にして交渉を図るつもりだ。

――このままじゃ、ぼくが足手纏いになる……！

どうにかしなければと辺りを見回したその時、こちらを見つめるブラッドフォードと目が合った。

彼はレイモンドを落ち着かせるようにゆっくり頷き、そのままグレアムの足元へ視線を移す。

――そうか。

不思議と、彼の意図が手に取るようにわかった。

レイモンドもゆっくり頷き返す。

次の一瞬で勝負は決まった。

「今だ！」

ブラッドフォードの合図に従い、レイモンドはグレアムの向こう臑《ずね》を思いきり蹴飛ばした。

「いっ……！」

グレアムは痛みに怯み、とっさにレイモンドを放り出す。

その隙を突いてブラッドフォードが切りこんできた。剣の柄でグレアムの胸を一突きにすると、彼は蹌踉《よろ》めいた相手に足払いを食らわせ、そのまま地面へ打ち倒す。

すべてはあっという間の出来事だった。

ブラッドフォードは長剣の切っ先を突きつけながらまっすぐにグレアムを睨み下ろす。

「このまま手打ちにしてほしいか。それとも、悔いあらためるために罰を受けるか」

「ふ、ふざけんな。誰が罰なんてっ……」

「ならば」

ブラッドフォードが剣を握り直した。少しでもグレアムが抵抗しようものならその切っ先は彼の喉笛を掻き切るだろう。

「おまえら！　なにボーッとしてんだ！　早く何とかしろ！」

グレアムは取り巻きたちを鼓舞しようと半狂乱になって叫んだものの、時すでに遅く、仲間は皆親衛隊によって鎮圧された後だった。

「なっ……」

ようやく現実を直視したグレアムは目を見開き、怒りと失望にわなわなと唇をふるわせる。

「冗談じゃねぇ。こんなことでケチがついてたまるかよ。俺は玉座に座るべき男だぞ！」

取り巻きは誰もグレアムと目も合わせようとしない。

それどころか互いに顔を見合わせ、うんざりとため息までつく始末だ。

「俺は担がれたんだ。こいつらに騙されたんだ。それからそいつにも」

味方はいないと悟ったのか、とうとうグレアムはレイモンドにまで怒りの矛先を向けてきた。

「こいつが盗み聞きなんてしたから、俺は手を打たなくちゃならなくなった。全部こいつのせいだ。今すぐ死んで詫びさせるべきだ」

「いい加減にしろ！」

ブラッドフォードが一喝する。

ビリビリと響き渡るほどの怒声に誰もが息を呑んだ。

「黙って聞いていれば次々と勝手なことを……おまえのようなやつは王族の風上にも置けん」

「殿下。なりません」

この場で成敗しようとするブラッドフォードをコンラッドが止める。

「殿下の尊い御剣が汚れます」

「てめぇ！　コンラッド！」

いきり立つグレアムには顔色ひとつ変えず、コンラッドは彼に剣を向けた。

「代わりに、ここは私が」

「ヒッ」

左右から剣を突きつけられ、背後を親衛隊に囲まれて、さすがのグレアムもぐうの音も出ない。

相手が完全に戦意喪失したのを見て、ブラッドフォードが刀を下ろした。

「ここにいるものを全員捕らえ、事の次第を明らかにせよ」

「はっ」

直ちにコンラッドが親衛隊に男たちの移送を命じる。隊長の指示に従って隊員たちは動き回り、グレアムをはじめとする実行犯を捕縛すると、彼らを連れて城へと戻っていった。

その場に残ったブラッドフォードとコンラッド、レイモンドの三人を宵闇が包む。

空には気の早い一番星が輝きはじめていた。

17. 本当の気持ち

夜の帳が下りるにつれて辺りは静寂に包まれていった。

さっきまであんなに騒がしかったのが嘘のようだ。もう怒号も悲鳴も聞こえない。レイモンドはゆっくり周囲を見回すと、胸に痞《つか》えていたものを吐き出すようにそろそろと息を吐いた。

危険は去った。悪夢はもう終わったのだ。

やっとその実感が湧いてくるにつれて、なぜだろう、身体がカタカタとふるえはじめる。ホッと気がゆるんだ途端、「怖い」という感情が迫り上がってきた。

「レイモンド」

軍服の腕が伸びてきて、逞《たくま》しい胸に引き寄せられる。

「もう大丈夫。もう大丈夫だ」

安心させるように何度も何度も背中をさすられ、力いっぱい抱き締められて、息ができないほどだったけれど逆にそれがうれしかった。

ブラッドフォード様の香りだ。

ブラッドフォード様の温度だ。

大きな安心感にすっぽり包まれ、強張っていた身体からじわじわ力が抜けていく。そうしているうちにいつの間にかふるえは止まり、胸の痞《つか》えもなくなっていた。

レイモンドの様子が落ち着いた頃合いを見計らってブラッドフォードが腕をゆるめる。少しだけ身体を離した彼に顔を覗きこまれ、レイモンドも吸い寄せられるように顔を上げた。

「おまえが無事で、本当に良かった……」

青い瞳が間近に迫る。一時はもう二度と見られないかもしれないとさえ思った大好きな瞳だ。

レイモンドはそれを目に焼きつけるように見つめた後で、深々と頭を下げた。

「殿下。本当にありがとうございました。こんなところまで助けに来てくださって……」

「おまえのためならどこへでも行く」

即答だった。

ブラッドフォードの眼差しが先ほどの不安をなぞるようにわずかに揺れる。

「おまえが城からいなくなったと報告を受けて目の前が真っ暗になった。その上、グレアムとその取り巻きが後を追ったと聞いて……良くないことが起こるのではと、生きた心地がしなかった」

その声はかすかにふるえている。

ブラッドフォードは身体を離し、あらためてレイモンドを見下ろした。

「抜け出したいと思うほど城での生活は嫌だったのだな。本当に申し訳ないことをした。すべては強引に連れてきたこの俺の責任だ」

「謝らないでください。殿下のせいではありません」

「だが、おまえを側仕えにしたのはこの俺だ。……あぁ、見習いから正式に側仕えに上げたことでこれ以上は耐えられないと区切りをつけたのか」

「違います！　お城での仕事にも、生活にも、不満に思ったことはひとつもありません。側仕えにしていただけてぼくはとてもうれしかったです」

「ならば、なぜ」

ブラッドフォードは真意を探ろうとするように目を眇《すが》める。

「……グレアムは先ほど、おまえと秘密を共有していると言っていたな。そのことと何か関係でもあるのか」

「……っ」

核心を突かれて息を呑む。

レイモンドは目を伏せたまま、こくりと頷いた。

「ぼくがいけないんです。勝手なことをして、こんな騒ぎにまでしてしまいました」

「責めているのではない。おまえの話を聞きたいだけだ。なぜ、城を飛び出すようなことをした。このままでは帰れない。頼む、話してくれ」

切迫感の滲《にじ》む声に顔を上げる。

そこには、一心にレイモンドを見つめる真剣な瞳があった。

それを見た瞬間、心が決まる。

この人に嘘はつけない。何もかも話そう。たとえそのせいでギクシャクしてしまったとしても、不誠実でいるよりよっぽどマシだ。

――ぼくは、ブラッドフォード様に誠実でありたい。

レイモンドは覚悟を決め、思いきって口を開いた。

「これからお話しすることは、誓って本当のことです。信じられないと思われるかもしれませんが、どうか最後まで聞いてください」

「わかった」

ブラッドフォードが神妙な面持ちで頷く。

「ぼくがお城を出たのは、殿下をお守りするためです」

けれどレイモンドが理由を述べるや、ブラッドフォードは眉を顰《ひそ》めた。

「……俺を？　守る？」

腑に落ちないという顔だ。

それでも「最後まで聞く」という約束を思い出したのか、彼は目で続きを促した。

「実は、ぼくには前世の記憶があります。前のぼくは、日本という国で植物研究をしていました。植物が好きで、読書が好きで……こんなところは今の自分とも似ています。前のぼくはとある本が好きでした。それが『シュタインズベリー物語』です」

「シュタインズベリー？　この国か？」

「はい。そうです」

「前世というのは驚いたが、おまえがいた、そのニホンというところにもこの国のことが伝わっていたのだな。……だが、妙だ。我が国の友好国にニホンという名を聞いたことがない。単に書物で伝わっているということか？　それはどうして……」

ブラッドフォードが腕組みをしながら考えこむ。近くにいたコンラッドにも目で訊ねたものの、側近も首をふるばかりだ。

そんなふたりに、レイモンドはいよいよ話の核心を打ち明けた。

「シュタインズベリー王国と日本の間に国交はありません。お互いの存在も知りません。なぜなら、ここは『シュタインズベリー物語』の中の世界だからです」

思いきって一息で告げる。

さすがにすんなりとは受け入れられなかったようで、ブラッドフォードはしばし呆然とした。

「……すまない。おまえの話を理解したいのだが、言われていることがよくわからない」

「そうですよね。すみません。順を追ってお話しします」

レイモンドはあらためて経緯を話して聞かせる。そしてその大元となった『シュタインズベリー物語』のあらすじを伝えると、ブラッドフォードはようやくレイモンドが言っていることの意味がわかったようでハッと息を呑んだ。

「その、毒殺される第二王子というのは俺か」

「そして、毒殺する側仕えというのはぼくです」

「おまえが、俺を……？」

彼は信じられないというように目を瞠《みは》る。

それをまっすぐ見上げながらレイモンドは毅然と首をふった。

「毒殺なんて絶対嫌です。ぼくは殿下を死なせたくありません。それなのに……」

自分は悪役令息だ。不幸の引き金を引く役だ。

「記憶を取り戻してからというもの、物語は着々と進んでいるようです。せめて流れを変えたくて物語の舞台から離れようとしたこともありましたが、結局はうまくいきませんでした。……覚えていらっしゃいますか。はじめて殿下と街でお会いした時、家出をしようとした罰で謹慎していたとお話ししたことを」

「まさか。そのためか」

「はい。そして今回も」

「……！」

ブラッドフォードがこれ以上ないほど目を見開く。彼の中ですべてがつながった瞬間だった。

「ぼく、見てしまったんです。グレアム様がランドルフ様を殴るところを……言い争いをしているうちにカッとなって手が出たみたいでした。グレアム様に見つかってしまって『誰にも言うな』と脅されて……その上、家族を酷い目に遭わされたくなければ殿下を毒殺しろと」

「なっ」

少し離れたところで聞いていたコンラッドも思わずというように声を上げる。

「どんなに嫌だと言っても聞いてもらえず、誰にも言わないと言っても信じてもらえず、そうしている間にも物語はどんどん進んで……見習いから正式な側仕えにしていただいたことで、すべての設定が整ってしまいました。あとはもう、恐ろしいことが起こるだけだって……」

「それで、城を出たのだな」

「他に方法が思いつかなくて……せめて殿下から離れることで、お命を危険に晒さずに済むのではと思ったんです。かくなる上は両親にグレアム様のことを打ち明けて、父から殿下に対して正式に謝罪に出向いてもらおうと思っていました」

それでも、引き立ててもらった恩を仇で返すことには変わりない。

叱責も覚悟で反応を待っていると、しばらくしてブラッドフォードが長い長いため息をついた。

「そうだったのか」

「勝手なことをして申し訳ありませんでした」

下げた頭を、なぜかやさしくポンと叩かれる。

「もう謝るな。おまえは悪いことなどしていない」

「……え？」

「ずっと、ひとりで戦っていたのだな」

労るように目を細め、すべてを包みこむように見つめられて、レイモンドは驚きに目を瞠《みは》った。

「信じてくださるんですか」

「おまえは嘘を言ったのか？」

「いいえ！」

「ならばそれでいい。……王子という立場上、これまで多くの人間に接してきた。嘘をついているかどうかは目を見ればすぐにわかる。おまえが誠実であることもな」

「殿下……」

わかってくれた。信じてくれた。

じわじわと誇らしい気持ちがこみ上げ、代わりにそれまで張り詰めていたものが霧散していく。

彼の言うとおり、自分はずっとひとりで戦ってきた。そうしなければいけないと思っていた。

けれど、今は彼がいる。一緒に重荷を背負ってくれる。それはなんとありがたく、そして心強いことだろうか。

「今まで、よく頑張ったな」

やさしい言葉をもらった途端、堰を切ったように涙があふれた。

「殿下……そんなふうに言ってくださるなんて……」

うれしくて、うれしくて、このままわんわん声を上げて泣いてしまいそうだ。

気づいた時にはあたたかな胸にぎゅうっと抱き締められていた。

「忘れないでいてくれ。俺は、おまえの一番の味方だ」

「はい。殿下」

このあたたかさをなくしてはいけない。この力強い鼓動を止めてはいけない。だから是が非でも自分は運命に抗い続けなければならない。レイモンドは固く心に誓う。

すべてを打ち明け、また受け入れて、まっさらな気持ちでお互いに向き合えるようになったからだろうか。

「ホッとしたら腹が減ったな」

ブラッドフォードが胃の辺りを押さえながら照れくさそうに苦笑した。

それを見た途端、レイモンドのお腹も、くうう……と鳴る。

「ふふふ。ぼくもです」

「俺たちの腹の虫は時間に正確だ」

懐中時計を開いてみれば、そろそろ夕食を摂る時間だ。

目で見て余計に思いが募ったせいか、今度は「ぐううう」と思いきり腹の虫が鳴り響いた。

「わっ」

慌ててお腹を押さえても後の祭りだ。

「はっはっは！　そうかそうか。そんなに腹が減ったか」

「す、すみません」

「気にするな。健康な証拠だ。まぁ、それにしてもだいぶ立派な腹の虫だったが」

「もう！　殿下！」

「あっはっは！」

声を立てて笑われてしまい、恥ずかしいったらない。

それでも、ブラッドフォードやコンラッドの明るい笑顔を見ていたらじわじわとうれしくなってきて、最後はレイモンドも一緒になって笑ってしまった。

18．毒入りのワイン

腹の虫を宥めるべく、ふたりはコンラッドを連れて食堂に立ち寄ることにした。

ブラッドフォードが街に視察に訪れた際、よく行く店だそうだ。

どんなところだろうとわくわくしながらついていくと、大通りから細い路地に入ってほどなく、一軒の店の前でブラッドフォードが立ち止まった。

「ここだ」

「わぁ……」

店の前にずらりと並んだワイン樽をテーブル代わりに、男たちが楽しげに酒を酌《く》み交わしている。

軒先にはオレンジ色のランプがいくつもぶら下がり、ほろ酔いの赤ら顔や真鍮《しんちゅう》の杯を赤々と照らし出していた。

店の中では誰かが歌を歌っているようだ。陽気な弦楽の調べに合わせて手拍子まで洩れ聞こえてくる。そちらに目を遣って、ブラッドフォードがふっと頬をゆるめた。

「今夜はまた、ずいぶんにぎやかだな」

「殿下はこんな楽しそうなところにいらっしゃるんですね」

「たまには違う場所で食事をするのも気分が変わっていいものだ。特にここの煮こみは旨いぞ」

「それはますます楽しみです」

背中を押され、レイモンドも一歩踏み出す。

コンラッドは護衛として外で見張りをすることになった。彼は彼で食事を摂るそうだ。

「わ……」

中に入ると、思った以上に店内が暗いことに驚いた。蝋燭《ろうそく》の明かりが辛うじて店の様子を浮かび上がらせている。こちらでも丸い木のテーブルを囲んで男たちが楽しそうに酒盛りをしていた。

「これはこれは。ようこそお越しくださいました」

そこへ、店の主人と思しき男性が笑顔で駆け寄ってくる。赤ら顔で太鼓腹の陽気そうな人だ。

出迎えを受けて、ブラッドフォードはにっこりと微笑み返した。

「たまたま近くに来ることがあってな。立ち寄らせてもらった」

「お迎えできて光栄でございます。ささ、どうぞこちらへ」

テーブルの間を縫うようにして奥へ進みながら、ブラッドフォードはあらためて店内をぐるりと見回した。

「ずいぶんにぎわっているようだな」

「おかげさまで贔屓《ひいき》にしていただいております。特に今日は、旅の一座もお越しで」

「あぁ、それで歌が聞こえたのか。皆が楽しそうで何よりだ」

「それもこれも、関税や通行税を引き下げるよう、殿下が根気強く周辺国と交渉をしてくださったからでございます。おかげで往来も増えましたし、吟遊詩人や旅芸人など一芸に秀でたものたちも多くこの街を訪れるようになりました。娯楽は庶民の暮らしになくてはならないものでございますから……もちろん、旨い酒もでございますがね」

戯《おど》けて片目を瞑《つむ》る店主に、ブラッドフォードが楽しげに笑う。

「緩和に踏み切ることができたのも、おまえたちがよく働いてくれるおかげだ。国の財政が潤《うるお》ったなら民に還元するのは当然のこと。おまえたちにはいつも感謝している」

「もったいないお言葉でございます。……ささ、いつものお席へどうぞ」

店主はそう言って、人目につかない奥まった場所にふたりを案内してくれた。なんでも、ここがブラッドフォードのお気に入りの席なのだそうだ。

「さて、何をご用意させていただきましょう」

「俺にはいつものワイン、彼には果物のジュースを。食事は任せる。旨いものを頼むぞ」

「これは腕が鳴りますな。畏《かしこ》まりました。どうぞお楽しみに」

店主は一礼して厨房へ戻っていく。

漂ってくるおいしそうな匂いにまたも腹の虫をくうくうとうるさくしながら、レイモンドは少し離れた店内を見回した。

「いいお店ですね。店主の方も親切で」

「主とは長いつき合いでな。帰りにここに立ち寄るのが視察の楽しみなんだ。……コンラッドにはそれが目的なんじゃないかとさえ言われる」

「ふふふ。たまには息抜きも必要ですよ」

「そう言ってもらえると助かる。あいつも少しは目こぼししてくれてもいいものを……」

ブラッドフォードが冗談めかして入口の辺りを睨む真似をする。

気心の知れた仲だからこそ言える文句にレイモンドもついつい笑ってしまった。

「おまえがここを気に入ってくれて良かった。俺のとっておきなんだ。側近たちの中でもこの店を知っているのはコンラッドしかいない」

「そうだったんですね」

だから彼は立ち寄ろうと言ったのだ。もしかしたら、あまり他の人には教えたくない秘密の場所なのかもしれない。

「ぼくなんかに教えてしまって良かったんでしょうか」

「もちろんだ。いつか連れてきたいと思っていた。……それに」

テーブルの上に置いていた手に、ブラッドフォードがそっと手のひらを重ねてくる。

「ここなら、こうしておまえとふたりきりになれる」

「で、殿下」

まっすぐに見つめられ、みるみるうちに鼓動が逸《はや》った。

顔が真っ赤になっていくのが自分でもわかる。

「どうした。かわいい顔をして」

「いえ、その……あのっ……」

「焦った顔もかわいいものだ」

「も、もう！」

胸がドキドキしすぎておかしくなりそうだ。上目遣いに睨むようにすると、ブラッドフォードは軽やかに声を立てて笑った。

「お待たせいたしました」

そこへ、店員の男性が盆を手にやってくる。

慌てて手を放して見上げたところ、年齢は二十代半ばぐらいだろうか。陽気な店の中にあって、彼の周囲だけ寒々として見える不思議な雰囲気の持ち主だ。眼光は鋭く、にこりともしない。

男は藁包みのワインボトルを掴むと、ドン！　と音を立ててテーブルに置いた。瓶の口を開けておいてくれたのは彼なりの気遣いだろうが、それにしてもずいぶんと乱暴な物腰だ。

戸惑《とまど》うレイモンドの視線などお構いなしに真鍮《しんちゅう》の杯とジュースが入った木製のコップを置くと、彼は「ごゆっくり」と形だけ一礼して踵《きびす》を返そうとした。

「はじめて見る顔だ。最近入ったのか？」

そんな男に、ブラッドフォードが気さくに声をかける。

「今夜は特ににぎわっていると聞いた。慣れない忙しさで大変だろう」

「……」

聞こえているだろうに男は答えない。

それどころか、フンと鼻を鳴らすなりそのまま向こうへ行ってしまう。

これにはレイモンドもあんぐり口を開けた。

「あ、あんまりじゃないですか……？」

面と向かって話しかけられているにもかかわらず無視するなんて。相手の身分に関係なく失礼な態度ではないか。

側仕えとしても黙っていられず、レイモンドは椅子から立ち上がった。

「ぼく、ちょっと行ってお話ししてきます」

「いや、いい。気安く話しかけたのは俺の方だ。そういう気分ではなかったのだろう」

「でも……」

なおも厨房の方に目を遣っていると、不自然に立ち上がったレイモンドに気づいたのか、店主が慌てた様子でやってきた。

「何かございましたか」

「いや」

何でもないと流そうとするブラッドフォードに代わって、レイモンドが経緯を話す。

それを聞いた店主は心底申し訳なさそうにペコペコと頭を下げた。

「おかげさまでこのところ忙しくなりまして、二週間ほど前から臨時で雇い入れた男なんですが、愛想がないのが玉に瑕《きず》でして……ご不快な思いをさせてしまいまして申し訳ございません。私からよくよく言って聞かせますので」

「気にするな。忙しければイライラすることもあるだろう。あまり叱ってやるなよ」

「寛大なお言葉恐れ入ります。お詫びに、旨いものをこれでもかと持ってまいりますのでっ」

「ははは。食いきれるだけでいいぞ。土産はいらないからな」

「どうぞお楽しみに」

店主が大急ぎで厨房に戻っていく。

それを見送って、ブラッドフォードが座るようレイモンドに促した。

「さぁ、気を取り直して乾杯しよう。腹の虫の機嫌を取ってやらないとな」

「そうですね」

せっかくの秘密の場所での楽しい夜だ。いつまでも引き摺っていてもしょうがない。

レイモンドは深呼吸をして気持ちを切り替えると、藁包みのワインボトルに手を伸ばした。藁でボディを覆われているので中身を見ることはできないけれど、そんな風情もまたいいものだ。

真鍮《しんちゅう》の杯になみなみと酒を注いでブラッドフォードに差し出した。

「どうぞ。これでお疲れを癒《い》やしてください」

「あぁ。ありがたくいただくとしよう」

ブラッドフォードが杯を取るのを待って、レイモンドもジュースの入ったコップを持ち上げる。

こうして同じ卓で食事をするのははじめてのことで、なんだか面映《おもは》ゆいような不思議な気分だ。

「乾杯」

目の高さに杯を持ち上げると、ブラッドフォードは勢いよく中身を飲み干した。驚いて目を丸くするレイモンドに、ブラッドフォードが照れくさそうに笑う。

「俺の気に入りのワインなんだ。おまえにも勧めたいところだが」

「ぼくも、殿下のお好きなものを飲んでみたいですが……」

残念ながら自分は未成年だ。第二王子が子供に飲酒させたと知れたら大変なことになってしまう。

「もしお許しいただけるなら、成人してからまたここに来たいです」

「それはいい。将来の楽しみも増える。その頃には彼も店に馴染んでいるだろう」

ブラッドフォードが遠目に先ほどの店員を見遣る。

「彼の右手……人指し指のつけ根に刀傷の痕があった。まだできて間もない傷だ」

「え？」

「ボトルを置く時にチラッと見えてな。それでうまく力をコントロールできないのかもしれない。何か事情があるんだろう。こういうことの解決には時間がかかる」

「殿下……」

驚いた。あの一瞬でそこまで見ていたなんて。

「そんなふうにお考えだったんですね。ぼくなんて、すぐカッとなってしまって……」

「だが俺はうれしかったぞ。普段、人とぶつかるようなことはしないおまえが、俺のために怒ってくれたのだからな。これぞ役得というものだ」

「もう。殿下ったら」

照れて笑うレイモンドを見て、ブラッドフォードもおだやかに相好を崩す。オレンジ色の蝋燭《ろうそく》の炎がゆらめく中、吸いこまれるようにお互いを見つめた——その時だ。

「……っ」

それまで笑っていたブラッドフォードが、ピクリと眉根を寄せた。どうしたのだろうと見ているレイモンドの前で彼はみるみる青ざめ、表情を歪めていく。

「殿下？　どうされましたか、殿下」

「何、でも……ない」

口ではそう言いながらも異変があったのは一目瞭然だ。ブラッドフォードはテーブルに腕をつき、懸命に上体を支えていたものの、ついにそれもできなくなってそのままテーブルに突っ伏した。

空の杯が床に落ち、カシャンと甲高い音を立てる。

けれどそれもすぐに陽気な音楽にかき消された。このにぎやかな店内で、ここだけが別の空間に切り離されたかのようだ。

「殿下。殿下！」

「……く、っ……」

額に脂汗を滲《にじ》ませ、喉を掻《か》き毟《むし》るようにして身悶える姿にレイモンドはいよいよ席を立った。

これはもう緊急事態だ。

「すぐにコンラッドさんを呼んできます」

一言言い残して入口へ向かう。

「コンラッドさん！　殿下が！」

「何があったんです」

血相を変えて飛び出してきたレイモンドを見て、コンラッドもまた表情を変えた。

すぐさま持っていたコップを放り投げ、店の中に駆けこんでいく。

「殿下!」

切羽詰まった大声は、あれだけにぎやかだった音楽も、人々の話し声さえも打ち止めた。

「……殿下? 殿下だって?」

「王子殿下がいらしてるのか?」

「おい。ブラッドフォード殿下に何かあったらしいぞ」

客たちも第二王子の存在に気づき、店内はたちまち騒然となる。

レイモンドたちが必死にブラッドフォードを介抱していると、集まり出した野次馬をかき分けるようにして店の主がやってきた。

「なんということ……! 殿下、いかがされましたか」

「わかりません。ご主人、申し訳ないが水を」

「た、ただいま!」

コンラッドの要請に応じて店主が大慌てでコップに水を汲んでくる。

それをふたりがかりで飲ませたものの、ブラッドフォードの表情はいまだ苦悶に歪んだままだ。

息も荒く、時々絞り出すように呻《うめ》いている。

「まずは横になっていただきましょう」

「わかりました。おい、みんな。椅子をここへ」

店主の呼びかけに応じた店員たちが総出で椅子を並べて即席のベッドを拵《こしら》える。

その傍らに跪《ひざまず》き、レイモンドは持っていたハンカチでブラッドフォードの汗を拭った。

「殿下……」

ついさっきまであんなに元気だったのに、なぜこんなことになってしまったのだろう。

苦しげに喘ぐブラッドフォードを慰めたいと肩に触れたレイモンドは、身体が熱いことにハッとした。熱が出はじめているのだ。

――どうして……どうしてこんなことに……

誰かと話したくとも、コンラッドと店主は話しこんでいてこちらを構う余裕はなさそうだ。

店員たちによって野次馬は散らされ、ブラッドフォードが人目に晒されぬよう衝立《ついたて》も立てられたけれど、客たちがこちらの様子を窺《うかが》って聞き耳を立てていることはなんとなくわかった。

音楽はなく、話し声もなく、シンとした店内には動揺が広がっていくばかりだ。

心細さを押し殺しながら、それでも何とかしなくてはとキョロキョロと辺りを見回していると、先ほどの男が少し離れたところからこちらの様子を窺《うかが》っていることに気がついた。他のスタッフは大慌てで駆け回っているのに、彼だけはすべてを知っていたかのように平然としている。

その不自然な落ち着きに目を逸らせずにいると、レイモンドの視線に気づいた男はこちらを見てニヤリと笑った。

「……！」

給仕中は微笑むどころか感情らしきものすら見せなかった彼が今、愕然とするレイモンドを見て仮面のように冷たく笑う。まるで得体の知れない恐ろしさだ。

男はゆっくりこちらに歩いてくると、レイモンドの耳元に口を近づけた。

「王子殿下ともあろう御方が脇の甘いことですね。出されたものをまるで疑いもしないとは」

「え？」

「王族なら、毒に耐性ぐらいつけておくものでしょう？」

「なっ……」

信じられない思いで男を見上げる。

埃《ほこり》を被ったような灰色の髪に隠れてさっきはよくわからなかったけれど、今ならその双眼に闇が宿っているのがよくわかる。

「……あなたは、誰ですか……」

ただの店員ではない、それは直感だった。

動揺するレイモンドの反応を愉しむように男はニヤニヤと口角を上げる。そうすることで左顎《ひだりあご》の特徴的なホクロも一緒に吊り上がった。

「私が誰の命令で動いているか……誰がこんな遠回りな茶番を好むのか、考えればすぐわかることでしょう？」

「あ……」

脳裏を過《よぎ》ったのはラッセル兄弟の顔だった。ブラッドフォードを追い落とそうと企む心当たりはあのふたりしかいない。

――でも、そんなまさか……

「ククク。どちらだと思ったんです？　グレアム様がこんなまどろっこしいことをするとでも？」

「ということは……ランドルフ様……？」

黒幕の存在を知った瞬間、裏切られたような気持ちになった。

『シュタインズベリー物語』では、彼は兄のグレアムに暴力をふるわれ、再起不能の大怪我をすることになっていた。それをかわいそうだと思ったからこそ、自分は未来日記を使ってランドルフを助けたのだ。

それなのに。

軽傷で済んだことで悪巧みをする余裕を与えてしまった。その結果、ブラッドフォードをひどい目に遭わせてしまった。なんということだろう。敵に塩を送ったばかりか、つけ入る隙まで与えてしまったなんて。

――――ぼくのせいだ………

呆然とするのを見て男はますます笑みを濃くする。自分の言葉ひとつひとつにレイモンドが驚き、戸惑《とまど》い、狼狽《うろた》える様を見るのが愉しくてしかたないのだろう。

「もっとおもしろいことを教えてあげましょうか」

男は興奮を抑えきれない様子で目を爛々《らんらん》と光らせながらレイモンドの顔を覗きこんできた。

「ランドルフ様は疑り深い方。用意周到なのがお好みです。おかげで私はこの二週間、下げたくもない頭を下げながらここで給仕をしていたんですよ。第二王子が立ち寄ってくれるのを今か今かと待ちながらね。案外早く来てくれて助かりましたが」

男が喉を鳴らしながら嗤《わら》う。

「待ち焦がれました。なにせ、王子様にとっておきのワインを出す大役を仰せつかっていたんですから。純度の高いアテーニの入った、この世で唯一最高のワインを」

「……！」

それを聞いた瞬間、今度こそ本当に目の前が真っ暗になった。

ザーッと血の気が引いていくのが自分でもわかる。

「……アテーニを、入れた………？」

アテーニは、植物の根から精製した即効性のある猛毒だ。

一度摂取すると体内に長く残り、長時間にわたって苦しめられる。発熱や眩暈、嘔吐などの症状を伴い、内臓をジリジリ焼くような強い痛みが出るのが特徴だ。やがて幻覚や意識混濁の症状に陥り、意識が戻らないまま死に至るとされる。

水に溶けにくい性質のため、ワインに入っていたのは少量だろうけれど、それでも殺すつもりで混ぜたのなら致死量には届くはずだ。

「そんな……」

襲い来る事実に全身から冷たい汗が噴き出してくる。恐ろしさに胃の腑が竦み、足がガタガタとふるえはじめた。

「諦めることです。もう飲んでしまったんですから。せいぜい、苦しむ時間が短く済むよう祈って差し上げては？」

男は嗤《わら》いながらレイモンドの肩をポンと叩く。

「これで私も貴族の仲間入りだ。この世は弱肉強食。悪く思わないでくださいね」

そう言って軽く肩を竦めると、男はどさくさに紛れて店の裏口から姿を消した。

しばし呆然と見送ったレイモンドだったが、一瞬遅れてハッと我に返る。

「ま、待って！」

「レイ、モンド……」

慌てて追いかけようとしたところでブラッドフォードに名を呼ばれた。意識が朦朧《もうろう》としながらもこちらに向かって手を伸ばしているのを見て、レイモンドは断腸の思いで舞い戻る。

「殿下」

椅子に寝かされた彼の手を取ると、手のひらは汗で湿っており、ところどころに握り締めた爪の痕がくっきりと残っていた。それほどに強い痛みに襲われているのだ。レイモンドが手を握ったと知るや、ブラッドフォードは縋《すが》りつくように頬を寄せてきた。

「レ……、モン、ド……」

「殿下。ごめんなさい。ぼくが……ぼくのせいで……」

夢中でブラッドフォードの頭をかき抱き、金色の髪に頬を寄せる。

あれだけ気をつけていたのに。

あんなに回避しようとしていたのに。

グレアムに殺されかけたところを助けてもらい、ホッとしたせいで気がゆるんでいた。無愛想な店員に注意が削がれ、憤りもしたが、それでも馴染みの店に連れてきてくれたブラッドフォードと楽しい時間を過ごせればと気持ちを切り替えたのだ。それが油断につながった。

まさに物語のとおりになってしまった。『シュタインズベリー物語』と同じく、自ら真鍮《しんちゅう》の杯に毒入りのワインを注いで彼に飲ませてしまった。

「ぼくは、なんてことを………！」

これが悪役令息というものか。

どうしても運命には抗えないのか。

悔しさにぎゅっと目を閉じた時だ。

「泣く、な……俺なら……、だい、じょ……ぶ、だから……」

荒い呼吸をくり返しながらブラッドフォードが言葉を紡ぐ。

そのひどく苦しそうな様子に、レイモンドは慌てて腕を解いた。

「殿下。もうお話しにならないでください」

「……レ……、モン、ド……」

ふるえながら伸ばされた手にそっと頬を包みこまれる。

その瞬間、どうしようもなく胸が詰まった。

動揺しているレイモンドを見て、怖がらせてしまったと思ったのだろう。安心しろ、大丈夫だと伝えるために必死に腕を伸ばしてくれている。自分の方が苦しいだろうに、懸命に微笑もうとしてくれている。

「殿下……！」

頬に添えられた手を両手で包み、こみ上げる思いのまま甲に誓いのキスをした。

物語では、朝を待たずにブラッドフォードは死んでしまう。

それがわかっているからなおさら手を拱《こまね》いているわけにはいかない。今度という今度こそ運命に抗ってやろう。悪役令息の汚名を返上してやろう。物語の筋書きだろうと何だろうとそんなものは突破してみせる。

――今度こそ、絶対に死なせない！

固く心に誓ってレイモンドは顔を上げる。

「殿下。必ずお助けします。どうか持ちこたえてください」

一度手をぎゅうっと握ってから離すと、レイモンドは勢いよく立ち上がった。

すぐさま店主と話し合っていたコンラッドに駆け寄る。

「コンラッドさん。大変です。ワインに毒が入れられていたことがわかりました」

「なんですって！」

コンラッドが目を瞠《みは》る。

隣で話を聞いていた店の主人もだ。

「そ、そんなばかな……ワインはすべて詰め栓をしたものを酒屋から取り寄せております。本当でございます。殿下に毒を盛るなど、そのような恐ろしいことは決して、神に誓って……！」

「落ち着いてください。今は殿下のお命が最優先です」

青ざめた店主を側近が宥める。

レイモンドはまっすぐにコンラッドを見上げ、頷いた。

「一刻の猶予もありません。ぼくは先に城に戻って治療環境を整えておきます。コンラッドさんはご主人と協力いただいて、殿下を運んで差し上げてください。おふたりならあの斜面も上がれると思います。その前に、吐けるようならワインを吐かせてあげてください。少しでも生存の可能性が上がりますので」

話していても胃の腑が竦む思いだ。

それでも伶の経験上、できるだけ早く毒は排出した方がいいと知っている。

「わかりました。ご主人、協力をお願いできますな」

「もちろんでございます！　この命に替えましても！」

「それじゃ、また後で」

「頼みます。レイモンド」

コンラッドの言葉にもう一度頷くと、レイモンドは勢いよく店を飛び出した。

目指すは一路シュタインズベリー城だ。

つい数時間前、悲壮感とともに飛び出した場所へ、今度は使命感を持って駆け上がっていく。

途中には大きな橋があり、その先には丘が広がっていた。ランドルフに襲われた場所だ。

それを横目に、息を切らせて走りながらレイモンドは心の中で祈り続けた。

――どうかどうか、助かりますように。命の炎が消えませんように。

この場所で彼は自分を助けてくれた。
だから今度は自分が彼を助ける番だ。
――今度こそ……今度こそ絶対に、あなたを死なせたりしません！
その一念を胸に抱え、レイモンドは暗い中を必死に走り続けるのだった。

19. 毒をもって毒を制す

城に運びこまれたブラッドフォードはすぐさま王室医師たちの診察を受け、危険な状態であると診断された。

「ブラッドフォードが毒を飲まされた⁉　どういうことだ！」

侍従から一報を受けた王によってレイモンドは御前に呼び出される。そこで今夜何があったのか、なぜ城の外にいたのかを皆の前で証言するよう求められた。

国王がブラッドフォードの側仕えである自分を良く思っていないことは知っている。

その上さらに、この非常事態に一緒にいたとなっては、まず間違いなく処罰が下るだろう。

それでもレイモンドは恐れることなく謁見の間で御前まで進んだ。

青ざめた顔でこちらを睨む国王、ショックで今にも気絶しそうな王妃、固唾《かたず》を呑んで成り行きを見守る大臣たち。ブラッドフォードを運んできたコンラッドや店の主もいる。

突き刺さるような視線を一身に浴びながら、レイモンドは思いきって口を開いた。

「キングスリー公爵家の名にかけて、ありのままを正直に告白することを誓います。……ぼくは、グレアム様に脅されていました。それがすべての発端です」

思いがけない話にその場がシンと静まり返る。

「グレアム様が、弟のランドルフ様を殴って怪我をさせるのを目撃してしまったことがあります。ぼくに気づいたグレアム様は、このことを人に言ったらぼくの家族をひどい目に遭わせると脅し、それればかりか、王位継承順位をくり上げるために『殿下を殺せ』とさえおっしゃいました」

「なっ」

「敬愛する殿下を亡きものにするなんてできません。耐えきれなくなり、それでお城を抜け出したのです。……ですが、それはグレアム様の罠《わな》でした。追ってきたグレアム様とその仲間に襲われ、あわや、というところで殿下が親衛兵を率いて助けに来てくださったのです」

「なんと……」

王と王妃が顔を見合わせる。

大臣のひとりが「そういえば」と言葉を挟んだ。

「本日夕刻、グレアム様が罪人として別塔に収監されたとの報告が……」

「事の次第を明らかにせよと殿下がお命じになったものです」

コンラッドも横から口添えしてくれる。

玉座の上で身を乗り出している国王をまっすぐ見上げながら、レイモンドは再び口を開いた。

「その後、殿下とコンラッドさんと三人で、殿下が視察の際によく立ち寄られるという街の食堂に行きました。コンラッドさんは入口で待機され、ぼくは殿下とご一緒に店の奥のテーブルへ」

「ほう」

「殿下が頼まれたワインは藁包みボトルで提供されました。中身が見えないようになっているものです。ワインはあらかじめ開けられており、その時は店員の方の親切だと受け止めていたのですが……今思えば、アテーニを仕こむためだったのだと思います」

「アテーニ？　それが毒の名前か」

「はい。飲んですぐに作用する、即効性のある毒の一種です。そのせいで殿下に発熱や痛みなどの症状が出ております。やがて幻覚や錯乱、意識混濁に陥り……意識が戻らないまま死に至ります」

「なんだと！」

とうとう王が玉座から立ち上がる。

王妃は気を失ったのか力なく背凭《せもた》れに倒れ、侍女が慌ててそれを支えた。

「そなたはずいぶん毒に詳しいようだな」

「……本で、知識を得ました」

とっさに前世の記憶を口走りそうになり、慌てて答えを濁す。

王は気に留めなかったようで、落ち着かない様子ながらもう一度玉座に腰を下ろした。

「それで、ワインに毒が入っていたとどうしてわかった」

「毒を入れた店員から直接聞きました。ランドルフ様の命令を受けてのことだと」

「なっ」

その場にいたものたちがいっせいに響《どよ》めく。

先ほどラッセル兄弟の兄であるグレアムの件が明るみに出たばかりだ。立て続けに弟の名も聞くことになるとは思わなかっただろう。いくらランドルフが王位継承権を巡ってブラッドフォードを目の敵にしていたとはいえ、こんな直接的な手段に出るなんてレイモンドも思ってもみなかった。

「その男はどこにいる。捕らえたのか」

「畏れながら……殿下を介抱することを最優先に、逃げられてしまいました」

「……っ。しかたがない。ならば直ちに捕らえる。特徴を」

「二十代半ばの男性です。背が高く、灰色の髪で、左の顎《あご》にホクロがありました。それから右手の人指し指に刀傷の痕があったそうです」

「店主。おまえが雇っていた男に間違いないな」

王から鋭い視線を向けられ、店の主は気の毒なほど「ヒッ」と縮み上がった。

「ま、間違いございません。二週間前に雇いました、ジレという名の男でございます」

「そなたはそのジレが毒を入れるところを見たか」

「いいえ！　神に誓って！　もし見ていたならばこの命に替えても止めましたものを……殿下は我々庶民にも分け隔てなくやさしく接してくださる、私の敬愛する方でございます。そんな方を、このような目に遭わせてしまうなど……」

店主は目に悔し涙を浮かべて身悶える。

「本来であれば、殿下の給仕はすべて私がやらせていただくのです。殿下とワインや料理のお話をさせていただくのが何よりの楽しみでございました。ですが今夜はとても混み合っておりまして、どうしても手が回らずジレに酒を任せました。そのせいで、まさか……まさかっ……」

両手で顔を覆った店主は、しばらくして涙を拭いながら顔を上げた。

「あの男を雇ったのも、毒入りのワインを出したのも、すべては店主である私の責任でございます。かくなる上は死んでお詫びを……！」

自ら処刑を願い出た店主を見て、たまらず割りこんできたのはコンラッドだ。

「処するならこの私を。私がついていながらこのようなこととなり、側近として役に立たなかったことを大変申し訳なく思っております。どうかこの命をもって償わせてください」

「いいえ、悪いのはぼくです！」

矢も楯もたまらず、レイモンドは声を上げた。

「ぼくがワインを注いだのです。責任を取るべきはこのぼくです」

物語の筋書きを知っていながら回避できなかったのだから。

次々に名乗りを上げる三人を見下ろし、王は首を横にふった。

「今はブラッドフォードの一大事だ。そなたらの処分は保留とする」

毅然と言い渡すと、王はグレアムに加え、ブラッドフォードに毒入りワインを呑ませるよう裏で糸を引いていたランドルフや店の男を捕らえ、詳細を明らかにせよと大臣たちに命じる。

王命を受けてすぐさま何人かが慌ただしく謁見の間を出ていった。

続いて王は、ブラッドフォードを見守っていた医師たちを呼び寄せる。

「ブラッドフォードはアテーニと呼ばれる毒を飲まされた。ただちに解毒に当たるのだ」

それを聞いた瞬間、医師たちは明らかに困惑した様子で互いに顔を見合わせた。

年代は中年から白髪の老爺まで様々だ。五人の医師らはしばらく何かを話していたが、そのうちひとりが意を決したように口を開いた。

「陛下。大変申し上げにくいのですが、シュタインズベリーにはおそらく解毒剤と呼ばれるものは存在いたしません」

「なに」

「アテーニ自体、外国からもたらされた希少な毒と聞いております。医師でも熟知しているものは少なく、ここにいる我々ではどうにも……」

「なんということだ」

王が歯軋りしながら肘掛けを叩く。

「だが猶予はない。知らぬというなら知るまでだ。レイモンド、そなたは先ほど本で知識を得たと言ったな。そなたが読んだ本を持ってまいれ」

鋭いところを突かれて答えに窮した。それは伶だった頃に読んだものだからだ。

「も、申し訳ございません。その本はとうになく……」

「ない!? 捨てたというのか！」

「ですが、図書館を探せばきっとあると思います。それから、詳しい方に聞いてみては」

レイモンドの提案によって、直ちに王室図書館での文献探しがはじまる。これには文字が読めるものすべてが動員された。

同時に城下にも早馬が出され、薬師や錬金術師たちに解毒剤作りの命令が下る。

並行して医師もあれこれ手を尽くしたものの、肝心の解毒ができないためにブラッドフォードの容態は悪化する一方だった。面会は親族に限られるようになり、状況は刻一刻と終わりに近づいていく。

死神の足音をはね除けたい一心で、レイモンドも識者に混ざって必死に文献を漁った。

――解毒が間に合いますように。ブラッドフォード様が助かりますように。

今度こそ助けると誓った。今度こそ死なせないと誓った。今の自分にできることは、彼を助ける方法を見つけること、それだけだ。

なのに、やはり外来種だけあって国内文献にそれらしい記述は見当たらない。調査部隊の顔にも焦りの色が浮かびはじめた頃、とうとう「王子の錯乱がはじまった」との一報が届いた。

「突然大きな声を出されたり、宥めるものの手をふり払って暴れたり、手のつけようがありません。おやさしい殿下はまるで人が変わってしまわれたかのようで……」

「……！」

ついに重篤な症状が出てしまった。毒によるものだ。

少し離れたところで報告を洩れ聞いたレイモンドはいても立ってもいられず、やってきた侍従に駆け寄った。

「あ、あのっ、殿下は今どんな状況ですか」

「四人がかりで押さえております。けれど、それもいつまで持つか……」

侍従がため息とともに目を伏せる。

レイモンドは身を翻すと、たまらずブラッドフォードのもとへ走り出した。少しでも近くにいたかったからだ。

それなのに。

息を切らせて駆けつけたブラッドフォードの寝室から王と王妃が出てくるのを見て息を呑んだ。

その後ろには水差しを持った側仕え仲間のシリルの姿もある。

沈痛な面持ちの三人に、たちまち嫌な想像が脳裏を過《よぎ》った。ブラッドフォードは錯乱していると聞いていたのに、部屋からは物音ひとつ聞こえてこないなんて。

「まさか、そんな……」

目を見開いたまま立ち尽くしていると、王がふとこちらを見た。

「早合点をするな。死んではおらぬ」

「陛下」

御前ということも忘れ、急いで駆け寄る。

「意識が朦朧《もうろう》としはじめました。もう、声を発することもできないのです」

王妃は涙声でそう言うと、耐えきれないとばかりに顔を覆った。

今はまだ辛うじて生きている。

けれど、それも時間の問題だ。

濃厚になる死の香りに愕然とするレイモンドの前で、王がやさしく王妃の肩を抱いた。

「儂《わし》が跡継ぎをもうけよと息子たちを追い詰めたせいだ。神の罰が下ったのだ」

「陛下」

王妃は泣き顔を上げ、夫に向かって首をふる。

「いいえ。陛下のせいではございません」

「儂《わし》がブラッドフォードに結婚を急かしたためにすべてがおかしくなってしまった。城内にいらぬ波風を立て、継承権争いをもたらした。それゆえ神は戒めとして、儂《わし》らから一番大切なものを取り上げようとなさっておられる」

「いいえ、いいえ。取り上げたりなさいません。どうかご自分を責めたりなさらないでください」

王妃は肩に回されていた手を取ると、それを両手で握り締めた。

「回復を祈りましょう、陛下。神様はきっと救いも与えてくださいます」

「……そうだな」

ふたりは静かに見つめ合う。神へ祈りを捧げるため、これから王族用の礼拝堂に赴《おもむ》くそうだ。

「その間、殿下は……」

「今はアーサーがついてくれています」

王妃に促されるまま中を覗くと、小柄な男性がベッドの傍にいるのが見えた。

金色の長い髪を後ろでひとつに束ね、心配そうに目を伏せているその人こそ兄のアーサーだろう。目鼻立ちがブラッドフォードによく似ている。

ブラッドフォードが心から慕い、尊敬している人だ。ブラッドフォードにこの国の未来を託した元王位継承者でもある。彼は今、どんな思いで弟の窮地を見守っているだろう。

胸を痛めるレイモンドの目の前でゆっくり扉が閉じられていく。

つい、追《お》い縋《すが》ってしまいそうになるのを王妃が止めた。

「あなた方は下がっていなさい」

「で、ですが……」

「ここにいては医師の邪魔になります。私たちもまた戻りますから」

「レイモンドさん」

横からシリルにも促され、レイモンドは思いをこらえて一礼すると、重たい足を引きずるようにして使用人部屋へ戻った。

一歩一歩離れるごとに不安ばかりが募っていく。

そんな気持ちはシリルにも伝わったのだろう。彼は持っていた水差しをテーブルの上に置くと、労るようにレイモンドの背中を撫でてくれた。

「大変な思いをされましたね」

「シリルさん」

「レイモンドさんの書き置きを見つけたのは僕です。それで僕が、殿下にお知らせしました。殿下はすぐに後を追われて……これまでご自分を優先させるようなことはなさらなかった殿下が血相を変えて出て行かれるのを見て、殿下にとってレイモンドさんがとても大切な存在なんだってよくわかったんです」

シリルは当時のことを思い出すように目を細める。

「殿下の御身を考えれば、僕はお止めするべきだったんです。でも、レイモンドさんに万が一のことがあったとわかったら、それこそ殿下は後悔してもしきれなかったと思います。今よりずっと苦しまれたと思うんです」

「シリルさん……」

「あなたを追いかけていったことも、あなたと乾杯したことも、殿下は微塵も後悔されていないと思いますよ。長年お仕えしている僕が言うんです。間違いありません」

力強く言いきられて胸がふるえた。こうしている間にも刻々とタイムリミットは迫っているのに、不思議と勇気が湧いてくる。

「祈りましょう。僕たちも。きっと回復なさるように」

「はい。きっと」

だからレイモンドも思いをこめて頷く。

シリルは気を遣ってか、すぐに部屋を出ていった。パタンと閉まったドアに感謝の思いとともに一礼すると、レイモンドは窓辺に歩み寄る。

すると、それを待っていたかのように教会の鐘の音が聞こえてきた。

「あれは……」

街中の教会が王子の回復を祈って鐘を打ち鳴らしているのだ。王命が下ったのだろう。

レイモンドはその場に両膝をつくと、目を閉じ、ブラッドフォードのために心から祈った。

――どうか、ブラッドフォード様が助かりますように。命の炎が消えませんように。

彼だけは失いたくない。いつしか自分の中でこんなにも大きな存在になっていた。

はじめは、大好きな登場人物として彼を見ていた。だから言葉を交わせるだけで良かった。

それがいつしか傍にいられることをうれしいと感じ、もっと一緒にいたいと思うようになった。

家族に対して抱くものとはまるで違う、生まれてはじめての感情だった。

それを教えてくれたのはブラッドフォードだ。あふれるほどの愛とやさしさで包みこんでくれた。

自分にはなくてはならない人だ。

だから、失うわけにはいかない。今度こそ死なせるわけにはいかない。もう二度と、たとえ本の上の話であってもあんな思いはしたくない。

レイモンドは心の底から祈り続ける。

どれくらいそうしていただろう。

長い長い祈りを終える頃には、あれほど波立っていた心が嘘のように凪いでいた。シリルに背中を押してもらったことに加え、自分の根底にあるものと向き合ったことでようやく落ち着きを取り戻せたのかもしれない。

レイモンドは静かに顔を上げ、あらためて自分には何ができるだろうかと思いを巡らせた。

こんな時、未来日記に「ブラッドフォード様は助かった」と書いて叶ったらいいのに。

けれど、ストーリーを大きく変えることは許されない。それはこれまでの経験でわかっている。

だったら、他に方法はあるだろうか。

解毒剤はない。作る方法もわからない。飲んでしまった毒をどうにか消さなければ、運命に抗うこともできないのに――

「そうだ」

絶望に押し潰されそうになったその時、ふと、頭にひとつの妙案が浮かんだ。

「毒の拮抗作用を利用したらどうだろう」

自分がまだ伶だった頃、植物研究をする中で得た知識のひとつだ。

毒には様々な種類があり、効果も毒性の強さもまさに千差万別だが、特定のものを組み合わせて使うことで互いの効果を打ち消し合うケースがあると聞いたことがある。うまくいけば飲んだ毒は相殺されるが、下手をすれば即死もあり得る諸刃の剣だ。リスクが高い分リターンも高い。

解毒剤が望めないこの状況下、これが唯一の手段のように思われた。

ブラッドフォードが毒を飲まされた時の状況や、彼の体内に残っていると思われるアテーニの量、それを打ち消すのに必要な毒の成分や分解時間、致死量などを、レイモンドは前世で培った知識を総動員して考えはじめる。

「アテーニと同じくらいの即効性があって、分解が早いもの……アテーニと効果を打ち消し合える毒……それでいて、打ち消し合った後に残らない量……」

今こそ前世の知識を最大限に活かす時だ。

人生で一番というほど集中して検討した結果、レイモンドはひとつの答えに辿り着いた。

「マルタンしかない」

口にした瞬間、薬屋の主人の顔が頭に浮かんだ。

彼が棚の奥から取り出して見せてくれたあのマルタンが今は喉から手が出るほどほしい。今すぐあの薬屋に行けたらいいのに、買いに行く時間どころか、許可証を申請する余裕もない。

だがそこまで考えて、レイモンドは大きく首をふった。

「そんなのだめだ」

材料を揃えるということは、もう一度この手でブラッドフォードに毒を飲ませるということだ。そんなことはできない。あんな恐ろしいことはもう二度とやりたくない。

「でもその代わり、ぼくには別の手段がある」

レイモンドは急いで机に向かうと、引き出しから大切な日記帳を取り出した。

とうに諦めたはずの未来日記だ。それを、もう一度活かす方法を思いついた。

これまでどんなに願っても、決して未来を変えようとしなかったペンタグラムとウロボロスに、こちらから『知恵』を与えてみようと考えたのだ。彼らの力だけでできないのなら、できるようにするまでだ。どんなふうにすべきかを教えればいい。

そう。これは単なる願望ではない——『主からの命令』だ。

「さぁ、やろう」

レイモンドはお気に入りの羽根ペンを取ると、明日の日付を記し、それに続けて慎重に解毒剤のレシピを記していった。ここで間違ったら何もかもが終わってしまう。緊張で心臓がバクバクと高鳴り、その振動があふれ出るかのように手がふるえた。

それでもこれはレイモンドができる、レイモンドだけにできる、最善で最良の戦いだ。

「…………できた」

静かにペンを置き、もう一度内容を確かめて、レイモンドは大きく息を吐いた。

やれることはすべてやった。あとは成功を祈るだけだ。

――どうか、あの笑顔がまた見られますように。大好きなあの方が戻りますように……！

蝋燭《ろうそく》の炎がレイモンドの頬を照らす。

闇の中、賭けがはじまろうとしていた。

《フラワームーンの月　第二十八日》
――ここに記した材料と手順によって、
神はマルタンを精製し、ブラッドフォード様に与えられた。
その結果、ブラッドフォード様の体内で毒の拮抗作用が起こり、
アテーニの毒を打ち消すことに成功した。
ブラッドフォード様は後遺症なく回復され、すべてはもとどおりになった。

20．毒殺ルート回避成功！

それから数日、祈りの日々が続いた。

ブラッドフォードの容態は峠を越えたように見えるものの、いまだ昏睡から醒める様子もない。だから未来日記が成功したかどうかもわからない。それでも、もしも失敗していたならとうに命は潰えているはずだ、生きているのは助かる証拠だとレイモンドは自分に言い聞かせ続けた。

彼が目を覚ましたら、一番に毒を飲ませてしまったことを謝りたい。

それから出会えて良かったこと、傍にいられて幸せだったと伝えたい。

その上で、保留されている処分を甘んじて受けよう。大切な世継ぎの一大事を招いたのだ。何の咎《とが》めもなく終わるとは思えない。せめて父や兄をはじめ、キングスリー家にまではお咎《とが》めが及ばぬことを願うばかりだ。

そうしてジリジリとしながら迎えた三日目の朝。

城内に吉報が響き渡った。

「ブラッドフォード殿下が目を覚まされたぞ！」

その一報に、王や王妃が慌ただしくブラッドフォードの寝室に駆けこんでいく。関係者も代わる代わる部屋の前までやってきては、扉の向こうに見える国王一家の様子に涙を滲《にじ》ませた。

「あぁ、神に祈りが届いたのだ！　我らの王子はこの地上に留まりたもうた」

「本当に良うございました。皆で祈ったかいがあったというものです」

聖職者や祈祷師たちは胸の前で両手を組み、神に感謝の祈りを捧げる。

「殿下がいなければ国は立ちゆかぬ。陛下の右腕はご健在だ」

「医師たちもよくやってくれた。解毒剤なしに、あの状態からお助けしたとは大したものだ」

大臣たちもホッと胸を撫で下ろしながら互いに顔を見合わせた。

飛んできた五人の側仕えたちも廊下の隅で喜びを噛み締める。

「良かった……良かったですね、レイモンドさん！」

「シリルさん……」

事情をよく知るシリルに手を取られ、喜びを分かち合うように力強く握られて、ようやく実感が湧いてきた。ブラッドフォードは息を吹き返した。長い悪夢は終わったのだ。

――今度こそ絶対に、あなたを死なせたりしません！

あんなに必死になったのは生まれてはじめてだった。祈りと信念が渾然一体となって運命さえも変えたのだ。これ以上のことはなかった。

「良かった………」

長い夢から覚めたような気分だ。

清々しい顔のレイモンドを見て、シリルも自分のことのように微笑んだ。

「さぁ、これからまた忙しくなりますよ。なにせ殿下の政務はずっと止まったままでしたからね。

お身体が全快され次第、また前みたいにバリバリお仕事をされるようになると思います。もちろん僕たちの仕事も次から次へと山のように」

シリルが苦笑したところへ、コンラッドが話に加わってくる。

「あなた方には、これまで以上に頑張っていただかなくては」

「うう……コンラッドさんは仕事の鬼だからなぁ」

「何か言いましたか、シリル」

「ひぇっ。何も！」

シリルが慌ててレイモンドの後ろに隠れる。頼りになる側仕えのリーダーも、側近には敵わないようだ。そんなシリルを見てコンラッドやレイモンドが笑い、他の側仕えも笑い、最後にはシリル本人も一緒になって笑った。

城の中に安堵の空気が広がっていくのがわかる。

またこうして笑い合えるようになったことの喜びをしみじみ噛み締めていると、ひとりの侍従がレイモンドのところにやってきた。

「殿下がお呼びです」

「え？」

意外だった。まだ目を覚ましたばかりで、今は家族との時間を過ごしているところだろうに。

それでも自分を呼んでもらえたことに心が湧き立ちそうになるのをこらえ、レイモンドは静かに首をふった。

「畏れながら、ご遠慮申し上げます。ぼくは陛下に処分を保留されている身ですから」

「レイモンドさん！」

シリルが横から割りこんでくる。コンラッドもだ。

「行って差し上げてください。レイモンド」

「そうですよ。殿下は、レイモンドさんに会いたいっておっしゃってるんですから」

「でも……」

なおも迷っていると、侍従が力強く頷いた。

「殿下は、どうしても、とおっしゃっておいでです。あなたにお会いになりたいと。陛下からご面会の許可もいただいております」

「陛下も？　本当ですか」

「ほら。レイモンドさん、早く！」

シリルとコンラッドふたりがかりで背中を押され、信じられない思いのままブラッドフォードの寝室に足を踏み入れる。

やってきたレイモンドを見るなり、王は王妃や医師らに目配せし、そのまま部屋を出ていった。侍従から聞いたとおりだ。本当に許可をくれたのだ。

レイモンドは戸惑《とまど》いながらも最敬礼で王と王妃を見送る。

パタンとドアが閉まるのを待ってふり返ると、そこにはヘッドボードに凭《もた》れ、まっすぐこちらを見ているブラッドフォードがいた。

この三日間、夢にまで見た彼の姿だ。

どうか生きて戻るようにと寝ても覚めても祈り続けた姿だ。

「レイモンド」

その彼が、確かめるようにレイモンドの名を唇に乗せる。

その瞬間、どうしようもないほど心がふるえた。

「殿下……！」

いても立ってもいられずベッドに駆け寄る。大きく広げられた腕の中に飛びこむと、逞《たくま》しい腕がぎゅうっと背中をかき抱いた。

「レイモンド。レイモンド。レイモンド……！　あぁ、会いたかった。おまえに会いたかった」

「殿下……ぼくも、ぼくもお会いしたかったです」

あたたかな胸に顔を埋め、力強い鼓動に目を閉じる。

この温度をなくさずに済んで良かった。

この鼓動が止まらずに済んで良かった。

すべてはもとどおりになったのだ。頬を擦り寄せ、愛しい香りを思いきり吸いこみながらここにブラッドフォードがいてくれることの喜びを噛み締めた。

やがて腕の力がゆるみ、そっと身体を離される。

至近距離で見つめた青い瞳はこれまでで一番美しかった。

「夢を見た。おまえの夢だ」

「ぼく、の……？」

「おまえが泣いて取り乱している夢だった。慰めたくともなぜか声は出なくてな……そればかりか、抱き締めてやりたくとも手も足も動かずでもどかしいばかりだった。早くおまえに会いたかった。それだけを願っていた」

「殿下……」

「おまえには心配をかけたな。急に胸が苦しくなったところまでは覚えているが……目の前で人が倒れるなど、さぞ怖かっただろう」

ブラッドフォードが気遣わしげにこちらを見つめる。

レイモンドはその時のことを思い出し、勢いよく首をふった。

「ぼくが悪いんです。ぼくのせいで、殿下はっ……」

「どうした。何があったのだ。話してくれないか」

ブラッドフォードがベッドをポンポンと叩く。

レイモンドは一度大きく深呼吸をすると、すべてを話す覚悟を決め、そろそろとベッドの空いたところに腰を下ろした。

「ぼくは、殿下にお詫びしなければならないことがあります。ぼくが杯に注いだあのワインには、アテーニという毒が入れられていました」

「毒？」

ブラッドフォードが顔を歪める。

けれどすぐに合点がいったのか、彼は目を伏せると「……どうりでな」と頷いた。

「腹の中が焼けるような強い痛みだった。あれでは死んでもおかしくない。だが、誰が……」

「ランドルフ様です。ランドルフ様のご命令を受けた男が店に紛れこんでいました」

「あの店員か」

「はい。ランドルフ様と男はすでに捕らえられ、今は尋問を受けているところです。聞いた話では、ランドルフ様が王位に就いた暁には、男に爵位を与えて取り立てるとの約束だったそうで」

「なるほどな……ランドルフの考えそうなことだ。そんなことをもう何年もくり返している」

グレアムのことと言い、ラッセル兄弟がいかに彼の重荷になっているかがよくわかる話だ。

ブラッドフォードはため息をつきながらクッションに凭《もた》れかけたが、ふと何か思いついたように、もう一度上体を起こした。

「そういえば、ワインには毒が入っていたと言ったな。どうして俺は助かったのだ？　医師たちは『奇跡だ』とくり返すばかりでよくわからん。おまえは何か理由を知っているか」

「そ、それは……」

話せば長いことながら、結論から言えば「一か八かで大勝負に出た」ということになる。

それしか手段がなかったとはいえ、落ち着いて考えてみればなんて危ない橋を渡ったのだろう。

そんなことを話して怒られないかと少しだけ心配になったものの、まっすぐな眼差しに負けて、レイモンドは思いきって「日記に書いたんです」と打ち明けた。

「日記？　そういえば、おまえは日記を書いていると言っていたな」

「願いを叶える未来日記です。こうなってほしいという内容を書いて祈るんです」

「だが、何でも思うとおりにはならないのだろう？　……あぁ、話しているうちに思い出してきた。確か、ここはおまえが読んだ物語の世界と同じなんだったな。第二王子は側仕えに毒を飲まされて死ぬという話だ」

そこまで言って、ブラッドフォードは「いや、待てよ」と首を傾げる。

「俺が毒入りのワインを飲んで死にかけたのはそういうことか。だが、それならなおのこと、なぜ死ななかった？　おまえの言う『未来日記』とやらは話の筋書きを変えるのを嫌うのだろう？」

「はい。これまでは一度も叶えてくれませんでした」

「ならば、なぜ」

『知恵』を与えたんです」

「知恵？」

彼は興味深そうに身を乗り出す。

「日記帳のペンタグラムとウロボロスに、毒を消す具体的な方法を知恵として授けました」

「毒を消す？　そんなことが可能なのか！」

「あくまで理論的には、ですが……毒で毒を打ち消すなんて、そんな危ないこと普通はしません。でも、肝心の解毒剤がなかったんです。だから毒の拮抗作用に縋《すが》るしかないと思って、未来日記にレシピを書いて祈りました」

「驚いた……。よくそんなことを知っていたな」

「前世で植物研究をしていたので。お役に立てて良かったです」

ブラッドフォードはそろそろと息を吐き出しながら感心したように頷いた。

「おまえの力は大したものだ」

「ぼくの力ではありません。日記帳の力です」

「だが、おまえの知識や行動力がなければ俺は死んでいた。おまえは俺を助けてくれた命の恩人だ。心から感謝している」

「殿下……」

「医師たちが言った『奇跡』も当たらずとも遠からずだな。こんなことが我が身に起こるとは……これまで目に見えるものにばかり力を注いできたが、おまえのおかげで人智を超えた大きなものの存在を噛み締めている。物語の存在を知ったこともそうだ。まさに生きる世界を広げる思いだ」

そっと手に手を重ねられる。

真摯に告げられ、まっすぐ見つめられて、このまま時が止まってしまうかと思った。情熱の炎が宿った青い瞳はなんと力強く、美しいのだろう。息をすることさえ憚《はばか》られるほどの眼差しに心臓がドキドキと高鳴っていく。

「レイモンド。俺はおまえに生かされた人間だ。やはりおまえなしでは生きていけない」

「あ……」

「愛している」

かつて一度、想いを告げられたことがあった。

けれど今は、あの時以上に強く胸が揺さぶられる。なぜなら自分も同じだからだ。いつの間にか同じだけの想いを宿していた。

レイモンドはもう片方の手をブラッドフォードの甲に重ね、まっすぐ見上げる。

「ぼくも、殿下に生かされている人間です。殿下がいらっしゃらなければお城に上がることも……いいえ、きっとこの世界に生まれ変わることもなかったでしょうから」

一度は伶として閉じた命だ。その記憶を持ったまま転生したのはきっと、己を必要としてくれるブラッドフォードがいてくれたから。

「殿下に出会えて良かった。お傍にいられて幸せでした」

「レイモンド」

「だからこそ……殿下がお倒れになって、生きた心地がしませんでした。殿下だけは命に替えても失いたくないと思いました。どうか助かってほしい、今度こそ死なせたくないと、そればかり……そして気づいたんです。ぼくも、殿下をお慕いしているんだって」

「……！」

打ち明けた瞬間、ブラッドフォードはこれ以上ないほど目を見開いた。

信じられないような、それでいて強く信じたいと願うような複雑な表情だ。彼は身を乗り出し、触れそうなほど近くからレイモンドの目を覗きこんできた。

「それは本当か。おまえも、俺を愛していると」

「はい」

「俺の想うようにか。おまえも同じ気持ちなんだな」

「はい」

答えと同時に勢いよく抱き締められる。

さっきまでとは違う、想いが通じ合ってはじめての抱擁だ。だからレイモンドからも腕を回し、
そろそろと大きな背中を抱き締めた。

「あぁ、今日は人生最良の日だ。まさか、こんな……」

喜びに上擦った声がすぐ真上から降ってくる。

そっと身体を離され、やさしく頤《おとがい》を持ち上げられて、レイモンドの肩がぴくんと跳ねた。

——キス、される……？

甘やかな予感に胸が高鳴り、ドキドキが全身を埋め尽くしていく。

けれど、もう少しで唇が重なる、というところでブラッドフォードがふと動きを止めた。

「……やめておこう。病み上がりの良くない気でおまえを穢《けが》してしまいそうだ」

「そんな、ぼくはいいのに……」

「レイモンド？」

言ってしまってから、これではキスをねだっているようなものだと気づいて顔が熱くなる。

慌てて両手で頬を押さえるレイモンドを見て、ブラッドフォードがふっと笑った。

「それならひとつ、提案がある。お互いをもっと近くに感じる良い方法だ」

「わぁ。何でしょう」

『ブラッドフォード』と呼んでほしい。殿下ではなく」

「えっ」

レイモンドは慌てて首をふる。

「い、いくら殿下のお申し出でも、王子殿下を名前で呼ぶなんて身分的に許されません」

「構わない。俺がそうしてほしいと言っている」

「でも」

「俺は親しみをこめて『レイ』と呼ぶ。それならいいだろう」

「ええっ」

ますます大きな声が出た。

同時に、セドリックの顔が頭に浮かぶ。兄がいつも自分をそう呼んでいたからだ。

それもお見通しだったのだろう。ブラッドフォードはなんとも言えない顔で苦笑した。

「兄君がおまえを大切にしていることは知っている。それこそ兄弟の域を超えてかわいがっていることもな。だからこそ、俺も負けてはいられない。これからは俺の恋人だと大々的に言いふらしていかなければ」

「で、殿下!?」

「ブラッドフォードだ。レイ」

「わ……」

はじめてその名で呼ばれ、心臓が甘やかにトクンと跳ねた。

セドリックに呼ばれた時とは違う、足元がふわふわするような、どこかくすぐったくなるような不思議な気分だ。大好きな人に特別な名前で呼ばれると、人はこんなふうになるものなのだ。

ブラッドフォードが期待をこめた目でこちらを見ている。

だからレイモンドは思いきって、彼にもこのふわふわを分けてあげることにした。

「えと、……ブ、ブラッドフォード、様」

「よく言えたな。いい子だ」

満面の笑みでまたもぎゅっと抱き締められ、うれしさにふわふわはさらに大きくなる。不思議だ。分けてあげたはずなのに、もっと大きくなるなんて。

「ふふ……ふふふ……」

思わず笑ってしまい、それを見たブラッドフォードも一緒になって笑った。

この心地よさをもっと味わいたくて、レイモンドはあたたかな胸にすりすりと額を擦り寄せる。

それがくすぐったいのか、頭上から降ってくるくすくすというおだやかな笑い声に瞼《まぶた》を閉じ、この幸せを思う存分味わった。

どれくらいそうしていただろう。

ふと思い出し、レイモンドは胸に手をついて顔を上げた。

「あの、さっきおっしゃった恋人っていうのは……？」

「俺はおまえと特別な関係になりたい。レイ、おまえは嫌か？」

「嫌だなんて！　でもあの……本当に？」

第二王子が同性の恋人を持つなんて、そんなことが許されるだろうか。ただでさえ自分に好意を抱いていると父王に告白して以来、彼と彼の父はギクシャクしてしまったのに。

不安は顔に出ていたのだろう。ブラッドフォードは安心させるように力強く頷いた。

「父上のことは心配するな。理解してもらえるまで根気強く対話を続ける。なにせ、俺は死に目を見た男だ。これぐらいのことで折れたりはしない」

「ブラッドフォード様……」

「それに、おまえにそう呼ばれるのはとても気持ちがいい。おまえに独占されているようで」

「……！　も、もう！」

真面目な話をしていたはずなのに隙を突いて揶揄《からか》われ、無防備な頬がまたも熱くなる。

「ははは。照れているのもかわいいぞ、レイ」

「もう知りませんっ」

気恥ずかしさを誤魔化《ごまか》すため背を向けると、すかさず後ろから腕を回された。

「レイ。俺のレイ」

甘えるように鼻先で項をくすぐられ、すん、と匂いをかがれてますます鼓動が逸《はや》る。恥ずかしいのにうれしくて、くすぐったいのに心地よかった。

ブラッドフォードの腕がいっそう強くレイモンドを抱き締める。

「あぁ、幸せで胸があふれそうだ」

「ぼくもです。ずっとふわふわして、くすぐったくて」

「おまえもか」

首だけを捻ってふり返ると、同じように照れくさそうな顔をするブラッドフォードと目が合った。それがますますうれしくて、お互いに眉尻を下げて「ふふふ」と笑う。

「うれしいです。ブラッドフォード様」

「俺もだ。レイ」

前に回された腕に頬擦りすると、ブラッドフォードがそれを解いて大きな手で頬を包んでくれる。触れられたところから彼の想いが染みこんでくるようで、レイモンドはうっとり目を閉じた。

――なんて幸せなんだろう……

ずっとずっとこうしていたい。

それでも、ブラッドフォードは三日ぶりに目を覚ましたばかりだ。あまり長い時間話していてはきっと疲れてしまうだろう。

また明日の朝一番に来ることを約束して、レイモンドは後ろ髪引かれながらも部屋を出た。

そうしてはじめてわかるのだ。いつもと同じ景色が信じられないほど美しく見えるということに。ブラッドフォードが生きているというだけで世界はきらきらと輝いて見えた。

この世は喜びに満ちている。

その夜、レイモンドは感謝をこめて日記を綴《つづ》ると、幸せな気持ちで眠りについた。

《フラワームーンの月　第三十日》
未来日記のおかげでブラッドフォード様の命が救われた。
ペンタグラムとウロボロスのおかげだよ。本当にありがとう。
無事に毒殺ルートを回避できたばかりか、
ブラッドフォード様はもう一度、ぼくを愛していると言ってくださった。
ぼくもブラッドフォード様を心から愛している。
生きてるってなんて素晴らしいのだろう！

21．悪役令息、許嫁になる

それから二週間が経ち、城内はすっかり落ち着きを取り戻した。

全快したブラッドフォードが政務に復帰したことはもとより、継承権争いのゴタゴタが片付いたことも大きな要因のひとつだろう。

レイモンドを襲ったグレアムは、助けにきたブラッドフォードにも間接的に剣を向けたことから国家反逆罪で王位継承権を剥奪され、辺境地に追放となった。

また、ブラッドフォードを殺そうとしたランドルフの罪はさらに重く、同じく国家反逆罪で王位継承権を剥奪されたばかりか、公爵家子息として与えられていた彼の領地を没収の上で国外追放となった。無論、家自体もお咎《とが》めなしで済むはずもなく、降爵は避けられない見通しだ。

諸悪の根源であるふたりが揃って失脚し、ラッセル家の没落が決定的になったことで、それまでおこぼれに与《あずか》ろうとしていた取り巻きたちも蜘蛛の子を散らしたようにいなくなり、城には平和と秩序が戻った。人々の動揺も少しずつ収まっていっていると聞く。

すべてはもとどおりに、あるいはそれ以上になった。

未来日記で願ったとおりだ。

その一部始終を見届けてレイモンドは静かに覚悟を決めた。ここまできたら大丈夫だ。もう何も心配することはない。

「ブラッドフォード様、どうぞ」

政務を終えて私室に戻ってきたブラッドフォードを迎えると、レイモンドは手洗い用の水差しを差し出した。

「あぁ。ありがとう」

彼がいつものように盥《たらい》の上に手を翳《かざ》す。

その節くれ立った手に冷たい水を注ぐと、頭上からホッとしたような息遣いが聞こえた。王子としての彼からひとりの男性に戻る、ささやかな儀式のようなものだ。それを知っているからこそ、数ある側仕えの仕事の中でもレイモンドにとって特別なもののひとつだった。

――でも、こうしてお手伝いをするのも、今日が最後になるかもしれない。

そんな思いを胸に、手を拭くブラッドフォードをじっと見つめる。

彼がクラバットを寛げるのを待って、レイモンドは深々と一礼した。

「お疲れのところ申し訳ありませんが、お話ししたいことがあります」

「どうした。あらたまって」

ブラッドフォードは長椅子に腰を下ろし、「ここへ」と言うように隣を手で指す。

けれどレイモンドは首をふり、立ったまままっすぐにブラッドフォードを見つめた。

「ぼくの処分の沙汰を、国王陛下にお伺いしたいと思っています。どうか、一緒に聞いていただけないでしょうか」

「なっ」

その瞬間、ブラッドフォードが弾かれたように立ち上がる。

「おまえは何を言っているんだ。なぜ処分など」

「ブラッドフォード様に毒を飲ませたのはこのぼくです」

「あんなものは不可抗力だ」

「ブラッドフォード様がお城に運ばれた時、ぼくは陛下の前ですべてをお話しし、罰を受けますと申し上げました。その際、陛下がおっしゃったのです。今はそれどころではない、それゆえ処分は保留にすると。……もう、保留は解かれるべき時だと思うのです」

「何が罰だ。誰がおまえを処分するなど」

「この国の大事なお世継ぎ様を危険な目に遭わせてしまいました。その責任は、ぼくの命などでは到底足りないとわかっています。それでも……」

「レイモンド」

さっきまでとは違う決然とした声がそれ以上の言葉を奪った。

「おまえは俺の命の恩人であり恋人だ。そのおまえを処分するなど、絶対に俺は許さない」

ブラッドフォードは静かに、けれどきっぱり告げる。

「俺と父上との間に生まれた確執のせいで、おまえにまで気を回させてしまったことを申し訳なく思っている。だが、俺は言ったろう。心配するなと。根気強く対話を続けると言ったのをおまえは忘れてしまったか？」

「いいえ、そんな……でも、お辛いことだったのでは……」

自分が知らない間にそんな機会をもうけてくれたのだろうか。彼にとっても、父王にとっても、向き合うのが難しい問題だったろうに有言実行してくれていたなんて。

「俺は、おまえとの未来のためなら何だってする。そして父上も少しずつだが俺の話に耳を傾けてくださるようになった。息子たちに結婚を無理強いしたことを強く後悔しておいでだ。俺が生死の境を彷徨《さまよ》っている間、ずいぶん苦しまれたと後になって母上から聞いた」

「ぼくも、廊下でお会いした時に陛下の胸の内を直接聞かせていただくことがありました。陛下は嘆いておられました。神様の罰が当たったのだと……」

「そんなことがあったからか、以前よりずっと俺の気持ちを汲んでくださるようになった。伝統は伝統、時代は時代だと。おまえに処分の沙汰がなかったのもきっとそのためだ」

「まさか……」

本当にそんなことがあるだろうか。ただでさえ、自分は確執の原因なのに。

「信じられないと言うなら、いいだろう。頼みどおり一緒に行って確かめよう」

「え？　わっ」

ブラッドフォードに手首を掴まれ、そのまま王が暮らすプライベートエリアに連れていかれる。

畏れ多さのあまり身震いすると、ブラッドフォードがそっと背中をさすってくれた。

「緊張することはない。俺がいる」

「でも、あの、謁見の時間でもないのに……」

「これは陳情ではない。家族である俺と、俺の大切なおまえに関する大事な話だ。……その代わり、おまえが俺だけに話してくれたあの日記のことも打ち明ける。許せ」

ブラッドフォードは毅然と告げると、私室の前にいた護衛に取り次ぎを願い出る。

しばらくして内側から扉が開けられ、控えの間を抜けて中へ入ると、王と王妃がナイトティーを囲んでいるところだった。

「父上。母上。お寛ぎ中のところ申し訳ございません」

「どうした。こんな時間に珍しい。何かあったのか」

一礼したブラッドフォードが国王夫妻の正面の椅子に座る。

レイモンドは側仕えとしてその脇に立とうとしたが、「おまえも」と命じられ、恐縮しながらもそれに倣《なら》った。

かくして、四人で向かい合う。

「父上と母上に大事なご相談があります。私とレイモンドに関することです」

ブラッドフォードが切り出した瞬間、和やかな場の空気が変わった。

それでも彼は緊張感をものともせず、淡々と話し続ける。

「毒に苦しんでいた私を救ってくれたのは、医者でも聖職者でもありません。レイモンドです」

「どういうことだ」

王は王妃と互いに顔を見合わせ、首を傾げた。

「側仕えとして仕事をしていただけでは？」

「看病をしていたという意味ですか」

「もちろんそれもあります。ですが、一番は彼の力によるところが大きいのです。レイモンドには不思議な力があります。それを駆使して私を助けてくれました。彼は命の恩人なのです」

「不思議な……力？」

身を乗り出した両親にひとつ頷くと、ブラッドフォードはゆっくり話しはじめた。

「彼は、未来を変えることのできる日記を持っています。そして、彼には植物の知識があります。あの日、解毒剤がない中でどうにか私を助けようと毒を無効にするものを日記に記し、祈り続けてくれました。おかげで、このように」

ブラッドフォードが右手を胸に当てて回復したことをあらためて示す。

王はレイモンドを見、息子を見、それから妻を見て、もう一度こちらに視線を戻した。

「それは誠か」

「はい。殿下のおっしゃるとおりです」

「そなたは魔術の使い手か」

「いいえ。魔力などは持ち合わせておりません。ただ日記に願いごとを書くだけです。……何でも思いどおりとはいきませんし、大それたこともできません。叶わなかった願いもあります。本当にささやかなものなのです」

「それでブラッドフォードを救ったと……？　にわかには信じられんな」

「ですが、解毒剤がないのに助かったのも不思議だと思っていました」

王妃の言葉に、王はハッと顔を上げる。

「確かにそなたの言うとおりだ。毒は解毒しない限り有効なはず。それゆえ人は度々命を落とし、狩猟用のマルタンですら許可証を必要とするようになった」

「あなたが、解毒剤を作ってくれたのですか」

王妃に訊ねられ、レイモンドは一瞬答えに詰まった。

正直に「もうひとつの毒を作ったのです」と答えたら、彼らはなんと言うだろう。息子に二度も毒を飲ませたのかとショックを受けてしまうだろう。

迷っていると、ポンと肩を叩かれた。ブラッドフォードだ。

「解毒剤ではありませんが、毒を打ち消す力を持つものです」

「それを解毒剤と言うのではありませんか」

「いいえ、似て非なるものです。ですが、これは彼と彼の日記の秘密の契約によるものですので、これ以上は」

彼が唇に人指し指を当ててみせると、王妃は「まぁ」と苦笑しながら肩を竦める。

「いずれにせよ、レイモンドが助けてくれたということですね」

「その手段が日記というのは驚いた。日記とは、その日あったことを書くものだと思っていたが」

「なんだかおもしろそうですね、陛下」

王はひとつ頷くと、あらためてこちらを見た。

「レイモンドの力とやらはまだ半信半疑だが、一方で、あの状況下でブラッドフォードが助かったことを思えば納得もする。……そなたは、我々が思う以上に懸命に仕えていてくれたのだな」

「畏れ多いお言葉でございます」

「父上。この話を聞いてもまだ、レイモンドを処分しようとお思いではありますまいな」

今度はブラッドフォードが身を乗り出す。

「レイモンドは確かにあの日給仕をしました。ですが、出されたワインを毒味もせずに飲んだのはこの私です。彼には何の咎《とが》もありません」

「ブラッドフォード様」

レイモンドが小声で窘《たしな》めたものの、彼は頑として訴え続けた。

「レイモンドは私のために心を砕き、力を尽くして私を助けてくれました。彼がいなければ今頃、私は冷たい墓の中で眠っていたことでしょう。そうならなかったのは、ひとえに彼のおかげです。はじめて会った時からずっと私は彼に救われてきました。命だけでなくこの心も、愛も、何もかも、彼に出会って本当の意味で光り輝くようになりました。それほどに唯一無二の存在です。私には、レイモンドが必要なのです」

「ブラッドフォード……」

「そなたがそこまで言うとはな」

王妃も王も、半ば圧倒されたように息子を見ている。

「政務に復帰してから度々話をしてきたが、そなたの心持ちがいよいよ固いのだとわかった。だが相手は男性だ。身分も違う。それでもそなたは愛すると言うのか」

「私の愛は変わりません」

ブラッドフォードは父王を見つめながら躊躇《ためら》うことなく言いきった。

それを隣で聞いていたレイモンドの心臓がうれしさと不安にドクンと跳ねる。かつて謁見の間で彼がそれを口にした時、王は問答無用で一蹴した。また同じことになると思うと怖かったのだ。

「そなたのことはよくわかった。だが、レイモンドはどうだ。儂《わし》らの前で同じことが言えるか」

息を詰めて成り行きを見守っていたレイモンドに王が視線を向けてくる。

試されているのだ。王は、自分たちが本気かどうかを見定めようとしている。

レイモンドは大きく深呼吸をすると、思いきって口を開いた。

「国王陛下ならびに王妃陛下の御前で、畏れながら申し上げます」

「そう畏《かしこ》まらずとも良い。正直に申してみよ」

知らず緊張していたのが伝わったのだろうか、ブラッドフォードも横から背中をポンポンとしてくれる。そのやさしさに励まされる思いで一礼すると、レイモンドはあらためて話しはじめた。

「殿下は先ほどぼくを命の恩人だとおっしゃいましたが、ぼくにとっても殿下は大切な恩人です。グレアム様に襲われた時、助けに来てくださったのは殿下でした。ご自身の身が危険に晒されるとわかっていてなお、剣を持つものたちの中に飛びこんできてくださったのです。殿下がいなければぼくの方が先にお墓に入っていたはずです」

そんなことになったら両親や兄はどれほど悲しんだだろう。下手をしたら死体も隠されて、墓に入ることさえできなかったかもしれない。

「殿下のやさしさと勇敢さにぼくは何度も救われてきました。いつもまっすぐにこの国のことを、そしてご家族のことを思われるお姿に胸を打たれ、ぼくの中で特別な存在になっていったのです。はじめてお会いした時からずっと敬愛の気持ちは変わりません。心からお慕いしております」

「レイ……」

ブラッドフォードが感嘆のため息をつく。

そっと眼差しだけで笑みを交わすと、レイモンドはまっすぐに王を見つめた。

「ぼくは、殿下が心身ともにお健やかにお過ごしになることを何よりも願っています。殿下を想うからこそ、皆に祝福され、誰よりも幸せになっていただきたいのです」

偽ることのない本当の気持ちだ。

だからこそ、障害にもなる。

「先ほど陛下がおっしゃったように、ぼくは王族でもなければ女性でもありません。公爵家次男の身分も、男性であることも、自分では変えることはできません。世継ぎを望むこともできません。……それでも、それでももし、お許しをいただけるなら、ぼくは生涯殿下をお支えしてまいりたく存じます」

「レイ……！」

一言も聞き洩らすまいと息を詰めていたブラッドフォードに強く手を握られた。よくぞ言ってくれたとその顔に書いてあるのを見て、レイモンドも誇らしい気持ちで目を見返す。

そんなふたりを見ながら王がゆっくりと口を開いた。

「そなたにも重荷を背負わせてしまっていたのだな」

「陛下？」

「ブラッドフォードに世継ぎをと願うあまり縁談の話に躍起になり、結婚を強要したことで此度《こたび》の悲劇を招いてしまった。儂《わし》がしたこととランドルフが毒を盛ったことに直接の因果関係はないとはいえ、大きな目で見れば玉座と血統に執着したがゆえの罪……」

王は自らの所業を悔いるように目を眇《すが》める。

「国にとって重要なのは血統ではなく、平和が続くことだ。ブラッドフォードに子ができなかったからと言って、シュタインズベリーが滅びるわけではない。王位継承権を持った王族は他にもいる。そうやって続いていくものだ」

「父上……」

ブラッドフォードが手をつないだまま身を乗り出す。

王は息子とレイモンドを交互に見つめ、この日はじめて頬をゆるめた。

「大切な息子であるブラッドフォードが健やかで幸せであることを願っているのは儂《わし》らも同じだ。そなたも、難しい立場でありながらよくぞ申した。レイモンド」

「畏れ多いお言葉です」

「そなたになら、任せられる」

「……っ」

一瞬、聞き間違いかと思った。

あるいは、自分に都合のいいように解釈しているのかもしれないと。

一拍遅れたレイモンドの隣で、ブラッドフォードがますます前のめりになる。

「父上。それはどういう意味ですか」

「言葉のとおりだ。レイモンドなら、儂《わし》らの大切な息子を幸せにしてくれるだろうと」

「……！」

「おまえはどうだ。ブラッドフォード」

「もちろんです！」

ブラッドフォードは即答した後、握ったままだった手を放し、真剣な顔で居住まいを正した。

「将来を誓う相手はレイモンドしかいません。彼こそ……レイこそ、私の唯一無二の半身です」

ブラッドフォードがうれしそうな、それでいて泣き出しそうな顔でこちらを見た。

彼が今、何を考えているか手に取るようにわかる。だからこそその青く美しい瞳を万感の思いで目に焼きつけ、レイモンドは誓いを立てるために王に向き直った。

「ぼくも、この生涯を懸けて愛する方は殿下ただおひとりです。ブラッドフォード様こそがぼくの唯一無二の半身です」

「レイ」

目と目で喜びを伝え合うふたりを交互に見つめ、王は静かに頷いた。

「そなたらの強い思い、しかと聞き届けた。この先も誓いを違えることなく心して生きよ」

「……！　父上、それでは……」

「あぁ。そなたたちを認めよう。ブラッドフォードの縁談は白紙とし、レイモンドの処分も無しとする。これからは許嫁としてこの城で暮らすが良い」

「父上！」

「そなたも、それで良いな」

王は隣に座る王妃を見遣る。

王妃は、息子とその許嫁となったレイモンドをおだやかに見つめながら「御意に」と微笑んだ。

王妃もまた認めてくれたという証だ。

念のため、毒入りワイン事件に関わってしまったコンラッドや店の主人の処遇についても訊ねたレイモンドは、彼らも無罪放免となるとわかってホッと胸を撫で下ろした。

これでもう、不安に思うことは何もない。

やっと清々しい気持ちで愛しい人に向き合える。

そう思ってブラッドフォードを見上げると、彼はなぜかもの言いたげな顔をしていた。

「どうかなさいましたか？」

「無事に一件落着となって良かったものの、おまえは俺の肝を冷やす天才だと思ってな」

「えっ」

「今こそ処分を受ける時だと言い出したり、その前には自ら城を出ていったりしたこともあった。そのたびに俺はショックで寿命を縮めているんだぞ」

「ええっ……そ、それはその、申し訳ありません！」

ガバッと頭を下げると同時に明るい笑い声が響き渡る。

「冗談だ。ここにこうしておまえがいる。おまえとの明るい未来がある。それでもう充分だ」

「はぁ、良かった……」

心底胸を撫で下ろすレイモンドを見て、ブラッドフォードはそれすら愛しくてたまらないと言うように目を細めた。

「レイ。これからもずっと俺の傍にいてくれ」

「はい。ブラッドフォード様。ずっとお傍でお支えします」

あふれるほどの想いとともに見つめ合う。

彼の目がうれし涙に潤《うる》んでいるのを、自分は生涯忘れないだろうと思った。

22．幸せのはじまり

第二王子婚約のニュースはたちまち国中を駆け巡った。

久しぶりの慶事に城内はもとより、城を訪れる役人や商人たちまで皆が浮き立っている。近隣諸国からは次々に伝令がやってきて謁見の間を祝いの品でいっぱいにした。

そんな明るい空気を追い風に、ブラッドフォードはますます政務に邁進《まいしん》している。

この頃は相談役である兄のアーサーと話しこむのをよく見かけるようになった。若い力で国力を押し上げようと手を取り合って励んでいるのだ。そんな姿に、微笑ましく見守る国王夫妻をはじめ誰もがシュタインズベリーの未来は明るいと確信した。

第二王子の側仕えだったレイモンドは職を解かれ、正式な婚約者として扱われるようになった。

次期国王となる王子が同性を伴侶に迎えることに一部では動揺もあったようだが、それには王とブラッドフォードによって丁寧な説明の機会がもうけられた。

むしろ、一番驚いていたのはキングスリー公爵家の面々だ。

無理もない。側仕えとして送り出した次男が王子の許嫁になるなんて、両親も兄も侍従たちも、誰ひとり予想もしなかっただろう。かく言うレイモンド本人ですら、こんな結末になるとは夢にも思わなかった。

ブラッドフォード自ら公爵家を訪れ、家長であるダニエルに「レイモンドを生涯の伴侶とさせてほしい」と申し出た時のことが思い出される。

王族という身分上、ダニエルを城に呼んで話をしてもまったくおかしなことではないし、むしろそれが当たり前だ。それなのにブラッドフォードはそうしなかった。「大切なおまえを産み育ててくれたご両親なのだから」と自らが足を運ぶことにこだわった。

そんな姿勢にも両親は驚いたようだ。先祖代々王室に仕え、彼らがどんな価値観を大切にするかよく理解している父はなおさら、こんなことはあり得ないと戸惑《とまど》った。

それでもブラッドフォードは躊躇《ためら》うことなく公爵夫妻に向かって頭を下げ、レイモンドを幸せにすると約束した。

その時の両親の顔と言ったら……！

王族に頭を下げさせるなんて前代未聞だ。ふたりとも気の毒なほどに慌てていたっけ。

それでもしばらくすると落ち着きを取り戻し、王子の決心が固いこと、息子もそれを望んでいること、何より王と王妃が許したことを知って、最後は喜んで祝福してくれた。

唯一、兄のセドリックだけは最後まで頑として譲らなかった。

「俺のかわいいレイが誰かに取られるなんて！」「相手が殿下だなんて、どうやったって太刀打ちできない！」「もうだめだ！　この世の終わりだ！」と嘆いては弟が離れていくのを寂しがり、その後数日寝こんだそうだ。

それでも、なんとか立ち直って今では応援してくれている。

それどころか、次はどうやって弟の世話を焼こうかと作戦を練り、このまま父親と同じ執政官を目指すべきか、それとも妃殿下の相談役というポジションに立候補するかを迷っているらしい。

「ふふふ。セディ兄様らしい……」

自分を大切に思ってくれる兄を思い浮かべ、レイモンドは苦笑とともに日記帳の表紙を撫でた。

これも大好きな兄にもらったものだ。

あの時、父から自宅謹慎を言い渡されなければ、セドリックがこの日記帳を骨董市で買い求めていなければ、自分の手元には回ってこなかった。本当に不思議な巡り合わせだ。

「ペンタグラムと、ウロボロス」

心の中で何度も呼びかけてきた五芒星《ごぼうせい》と円環の蛇。

彼らに導かれるまま、ここまで来た。未来日記を思いつかなければブラッドフォードと再会することはなかっただろうし、毒殺ルートを回避することもなかった。

「本当に、いろんなことがあったよね……」

悪役令息である自分の役目もこれで終わるだろう。

これからは物語にはない、新しい人生を愛する人と歩んでいくのだ。

「これまでたくさんの夢を見せてくれてありがとう。そして、これからもよろしくね」

そっと日記に誓いのくちづけを落とす。

五芒星《ごぼうせい》を守る蛇がウインクしてくれたような気がした。

それから二週間後、約束の舞踏会が華々しく催された。

華やかな銀糸の刺繍が施されたライラック色の上着に同色のズボンを纏ったレイモンドは、きらきら輝くシャンデリアにも負けないほどの微笑みでブラッドフォードを見上げる。

対する恋人は、王族の名にふさわしく勲章のついた濃紺の軍服の上から水色のサッシュを重ね、凛とした姿で皆の視線を釘づけにした。

まさに、人生の晴れ舞台だ。

大広間には国王夫妻をはじめ、同じく軍服を纏ったブラッドフォードの兄のアーサーもいれば、正装したレイモンドの両親や兄のセドリックもいる。ブラッドフォードの傍にはさりげなく側近のコンラッドが影のように従い、反対にレイモンドの近くではシリルが見守ってくれていた。

壁際の一角には室内楽団が楽器を手にスタンバイしている。

他の王族や貴族たちも見守る中、まずは婚約したふたりによるダンス披露となった。王室主催の舞踏会であることから、自ずとブラッドフォードとレイモンドの婚約披露会ともなったためだ。

「行こう。レイ」

ブラッドフォードが白手袋を嵌めた手を伸ばしてくる。

いよいよだ。たくさんレッスンをしてきたけれど、本番ではうまく踊れるだろうか。ドキドキと胸を高鳴らせながらそっと右手を重ねると、ブラッドフォードが微笑んだ。

「大丈夫だ。何があってもフォローする。俺を信じろ」

「ブラッドフォード様……」

こちらを見下ろす青い瞳にこのまま吸いこまれてしまいそうだ。じっと見つめていると不思議と気持ちが落ち着いてきて、レイモンドはにっこりと微笑み返した。

「ぼく、ブラッドフォード様を信じます」

「よく言った。皆に俺たちを知ってもらう機会だ。良い自己紹介にしよう」

「はい」

フロアの中央に進み出ると、周囲からいっせいに拍手が起こる。誰もが生まれたてのカップルを一目見ようと身を乗り出しているようで、どこも押し合いへし合いだ。

そんな輪の中心でブラッドフォードに向き合うと、レイモンドは心をこめてお辞儀をした。

さぁ、ワルツのはじまりだ。

ふわりと手を取られたのを合図に身を寄せ、心をひとつにして一歩踏み出す。

その瞬間、春風に舞い上がったと思うほど身体が軽やかになった。

ステップを踏むたび、目を見交わすたびに、ブラッドフォードの生き生きとした気持ちが自分の中に流れこんでくる。きっと彼も同じはずだ。今レイモンドが味わっている高揚感も余すことなく伝わっているだろう。

ふたりの呼吸がひとつになり、ふたりの気持ちもひとつになる。大好きな人と踊るのはこんなに楽しいものだったなんて。

「とても上手だ。レイ」

恋人がレイモンドだけに聞こえる声で褒めてくれる。

「すごく楽しいです。ブラッドフォード様。まるで空を飛んでいるみたい」

「俺も同じことを考えていた。ずっとこうしていたいくらいだ」

彼の目が、彼の表情が、全身で自分に向かって愛を伝えてくれるのがわかる。

だからレイモンドも頬を染めつつ、惜しみなく心からの愛を伝えた。

見守るものたちは「なんてお似合いなんでしょう」「あんなにお幸せそうで……」と口々に囁《ささや》き合う。そこここで感嘆のため息が洩れ、大広間を幸せな空気で満たした。

今日、無事にこの日を迎えることができたのも彼と未来日記のおかげだ。

もっと言うなら、ブラッドフォードを産み育ててくれた国王夫妻、彼を支えてくれたアーサーやコンラッド、シリルのおかげでもある。自分の両親もそうだし、どんな時も味方でいてくれた兄のセドリックの存在も欠かせない。侍従長のランチェスターにもたくさん助けられてきた。それに、怖い思いもさせられたけれど、ラッセル兄弟のふたりだって分岐には必要な存在だった。

出会ったすべての人へ、『シュタインズベリー物語』という枠を越えて心から感謝している。

そんな思いを乗せて舞うレイモンドに、ブラッドフォードがうれしそうに目を細めた。

「おまえが今、何を考えているかよくわかる」

「ぼくも、ブラッドフォード様が何をお考えなのか、手に取るようにわかります」

「お見通しか」

「はい。すべて」

――出会えて良かった。諦めなくて良かった。

心からそう思う。たくさんのことを乗り越えて、やっと今日のこの日があるのだ。

「これからも、ともに力を合わせて生きていこう」

「はい。ブラッドフォード様」

「愛しているよ。レイ」

「ぼくもです」

心からの言葉とともにワルツが終わる。

明るい未来に胸を高鳴らせながら、ふたりは幸せに微笑み合った。

《ストロベリームーンの月　第二十二日》
悪役令息として目覚めたあの日、こんな未来が待っているなんて想像もしなかった。
これからは、まだ誰も読んだことのない新しい物語がはじまる。
もう未来日記を書くこともないかもしれない。
それとも、また思いがけないピンチが襲ってきたりして？
でも大丈夫。大好きなブラッドフォード様がいてくだされば怖いものなんて何もない。
ぼくはこの日記帳を相棒に、どんなことも乗り越えてみせる！

番外編　幸せのレモンイエロー

初夏の日差しがきらきらと光る。

シュタインズベリー城の庭園を恋人と肩を並べて歩きながら、レイモンドは気持ちよく晴れ渡った青空を見上げた。

「いいお天気ですねぇ。ぽかぽかを通り越して暑いくらい」

「出会った頃はまだ肌寒かったのにな。もうすっかり夏のようだ」

ブラッドフォードが苦笑とともに肩を竦める。どうやら暑さは苦手のようだ。

「ふふふ。ぼくは暑いのも楽しみですよ。夏はいつも、家の裏にある川で水遊びをしていたんです。それがとっても気持ちよくって」

「おまえのはしゃいでいる姿が目に浮かぶ。それなら、今年の夏は湖に避暑に行くことにしよう」

「えっ、本当ですか！」

「あぁ。プライベートな場所だから遠慮することはない。俺も、のびのび遊ぶおまえを堪能できる」

「じゃあぼくは、のんびりしているブラッドフォード様を堪能できますね」

顔を見合わせて笑う。

すると、ブラッドフォードは俄然《がぜん》興味が湧いたとばかりに顔を覗きこんできた。

「水遊びの他に好きなものは？」

「え？」

「おまえが好きなものをもっと知りたい。これまでそういった話をする機会がなかっただろう」

言われてみればそのとおりだ。

ずっと毒殺ルートを回避するので大忙しだったし、ようやくクリアしたと思ったら今度は舞踏会に向けて怒濤のダンスレッスンが待っていた。こんなふうにふたりで散歩をしたり、語り合ったりするようになったのはごく最近だ。

――ぼくの、好きなもの……

胸に手を当てて考えて、真っ先に思い浮かんだのは幸せのレモンイエローだった。

「ぼく、レモンパイが好きです！」

「レモンパイ……？」

ブラッドフォードが不思議そうに首を傾げる。聞けば、彼はレモンパイ自体を知らないのだそうだ。これにはレイモンドも驚いてしまった。

「お城では珍しいものなんですか？　も、もしかして、これから一生食べられないんでしょうか」

そんなのあんまりだ。

絶望のあまりシオシオと項垂《うなだ》れるレイモンドの背中を、ブラッドフォードが苦笑しながらやさしく撫でてくれた。

「別に食べてはいけない決まりなんてない。単に俺が菓子に疎いだけだ。それより、おまえの好きなレモンパイのことをもっと詳しく教えてくれ。そんなに旨いものなのか?」

「はい、とっても! ぼく、母が作ってくれるレモンパイが子供の頃から世界で一番好きなんです。レモンカードはふんわり甘酸っぱくて爽やかだし、メレンゲは口の中でシュワッと溶けるし、それがまたレモンの酸味に良く合って……パイもサクサクで言うことなしです!」

「ほう」

「一口目は、メレンゲとレモンカードを一緒に食べるんです。……あ、メレンゲっていうのは卵白をシロップと一緒に泡立てたもので、軽く焼き目をつけてあるので、外がちょっと固めで、中がふわんふわんなんですよ。フォークでつつくとふるるんって揺れるんです。それがすごくかわいくて」

他の食べものにはない感触だ。口の中で溶けてなくなるのも楽しい。

「それから、レモンカードっていうのはカスタードにレモンを入れたクリームのことです。フォークに乗せて口に近づけた時に、ふわっと香るレモンがもう! 胸がきゅんってなっちゃいます」

「そんなにか」

「だってうれしいんですもん」

ブラッドフォードだって絶対きゅんとしてくれると思う。そして好きになるはずだ。

身ぶり手ぶりを交えつつ熱弁をふるうのがおかしかったのか、くすくすと肩を揺らす恋人を見上げながらレイモンドはさらに話し続けた。

「そんなメレンゲとレモンカードのハーモニーを堪能したら、今度はメレンゲだけ楽しんでみたり、レモンカードだけ味わったり、パイと組み合わせたり……いろんな楽しみ方をしているうちにあっという間に完食です。最後の一口を食べる時の名残惜しさったら……。あっ、それから、レモンパイは見た目もとってもかわいいんですよ」

「見た目？」

「真っ白なメレンゲの下に黄色いレモンカードが敷いてあって、二層になっているんです。鮮やかなレモンイエローを見ると気持ちがパッと明るくなりますよ。春になって、色とりどりの花が咲くのを見るとうれしくなるでしょう？　あんな気持ちになります」

ブラッドフォードはその様子を想像したのか、「あぁ」と目を細めながら微笑む。

「なるほど。幸せのレモンイエローだな」

「はい。だからもし、機会があったらブラッドフォード様も召し上がってみてください。きっと気に入ってもらえると思います」

「それはぜひとも試してみたいものだ」

ブラッドフォードは何か思案するように顎《あご》に手を当て、「明日は午後の謁見がないんだったな」と呟いたかと思うと、もう一度レイモンドに向き直った。

「よし。さっそく明日試してみることにしよう。城の料理人に作らせる」

「えっ。そんなことができるんですか！」

急展開だ。びっくりして目を丸くしたレイモンドだったが、すぐにわくわくと胸を躍らせた。

「それならせっかくですし、お天気が良かったらこの庭でお茶会をしませんか？　青空の下で食べるレモンパイはきっと格別ですよ」

「あぁ、それはいい。ますます楽しみになってきた」

「ぼく、明日も晴れるように一生懸命お祈りしますね」

「いつになく真剣な顔だな、レイ」

「ふふふ。もちろんです」

大好きなブラッドフォードとガーデンティーパーティーができるなんて。

それも、大好きなレモンパイを作ってもらえるなんて。

こんなにうれしいことはない。

レイモンドは期待に胸を高鳴らせながら愛しい人を見上げるのだった。


翌朝、ぱっちり目を覚ましたレイモンドは、窓の外を見るなり「わぁっ」と歓声を上げた。

雲ひとつない快晴だ。風はおだやかで心地よく、まさに絶好のお茶会日和と言える。

おかげで、その日は午後のお茶の時間になるまでずっとそわそわし通しだった。

用もないのにお城の中を歩き回ったり、庭を見にいったりとウロウロしては、ブラッドフォードの政務が終わるのを今か今かと待ち詫びる。そんなレイモンドの姿はとても目立っていたようで、執務室の前を通りかかった際には側近のコンラッドがわざわざ出てきてくれたほどだった。

「お待たせして申し訳ございません。殿下はまだ会議中でございまして」

「わっ、ごめんなさい。気を遣わせてしまって……。もちろん待ちます。おとなしくしてます」

首を竦めて小さくなるレイモンドに、コンラッドは苦笑しながら「恐れ入ります」と一礼する。

そんな彼の後ろから側仕えのシリルも顔を覗かせた。

「それでも待ちきれないってお顔ですねぇ」

「だって」

「わかってますよ。今日はとっておきのお茶会ですもんね」

シリルがうれしそうに片目を瞑ると、コンラッドも同じように頬をゆるめる。

「殿下も楽しみにしておいでてでしたよ」

「わぁ。ブラッドフォード様、なんて言っていたんですか？　……あっ」

おとなしくしますと言ったそばからまたも前のめりになってしまった。口を塞いでも後の祭りだ。

ふたりにくすくす笑われてレイモンドは照れくささに頬を染めた。

「すみません……ぼく、今度こそ本当におとなしくします。部屋にいますから」

「畏《かしこ》まりました」

「じゃあ、終わったらお声がけに行きますね」

シリルたちに見送られ、熱くなった頬を押さえながら廊下を歩いていた時だ。

「レイ！」

今度は向こうから兄のセドリックがやってきた。

長年執政官補佐を務めてきた彼は、間もなく執政官に昇格することが決まっている。それを受けていよいよ婚約者との結婚も間近となり、今はその準備で大忙しだと聞いていたが、あいかわらず弟を見ると駆け寄ってきてくれるやさしい兄だ。

そんなセドリックは、レイモンドの顔を覗きこむなり引き締まった頬をゆるめた。

「どうしたんだい。そんなにうれしそうな顔をして」

「うふふ。今日はこれからブラッドフォード様と庭でお茶会をするんです。それが楽しみで、つい」

「殿下とお茶会……？　ふたりきりで？」

セドリックがたちまち狼狽える。さっきまであんなに溌剌としていたのに、今やその面影もない。

「うう。俺のレイが……」

「セディ兄様、どうしたんです？」

「いや、なんでもないよ。……そうだよな、ふたりはもう婚約したんだものな……ううう……」

ひとしきり嘆いた後で、セドリックはゆっくり深呼吸をすると、意を決したように顔を上げた。

「兄様は一緒にいてやれないが、自分をしっかり持つんだぞ。決して流されたりしないように」

「兄様？」

「おまえは俺の、たったひとりのかわいい弟なんだからな。それを忘れないでくれ」

「えっと、はい。セディ兄様も、ぼくのたったひとりの素敵なお兄様です」

「なんていい子なんだ、レイ……！」

セドリックに力いっぱい抱き締められる。

家では毎日のように抱っこされていたが、お城での抱擁は久しぶりだ。しばらくレイモンドの抱き心地を堪能したセドリックは、「はー……」と嘆息しながらようやくのことで腕を解いた。

「取り乱してすまなかったね。お茶会、楽しんでおいて」

達観した表情でそう言うと、彼はまた執政官補佐の顔に戻って去っていく。

その背中を見送って、レイモンドもまた自分の部屋に向かって踵を返した。窓の向こうには気持ちのいい青空が広がっている。まるで、早くこっちにおいでと手招きしているようだ。

「ブラッドフォード様、早く終わらないかなぁ」

そわそわしながら廊下の角を曲がったその時、後ろから「レイ」と呼ばれた。

「ブラッドフォード様！」

ふり返れば、今まさに思いを馳せていた当の本人が立っている。

あまりのタイミングの良さに、レイモンドは目をまん丸にしながらブラッドフォードに向き直った。

「びっくりしました。あの、お仕事はよろしいんですか」

「会議室の前におまえが来ていたと聞いて、いても立ってもいられなくなってな。それでも、今日中に決議が必要なことは終わらせてきた。慌てたせいでコンラッドには笑われたが」

「ふふふ。ぼくもコンラッドさんやシリルさんに笑われました。それから、兄にも」

「おっと。兄君にもか」

ブラッドフォードが気恥ずかしそうに苦笑する。

「楽しんでおいでって言ってくれましたよ。さぁ、ブラッドフォード様。行きましょう」

「あぁ。そうしよう」

やさしく腰に手を回され、庭園へとエスコートされる。

庭では、侍女たちがお茶の支度を調えて待っていてくれた。

美しい花を愛でられるよう特等席にテーブルが置かれ、銀製のカトラリーや白磁のティーカップがきれいに並べられている。紅茶が注がれるのを心躍らせて眺めていると、お菓子作りを任されている料理人がワゴンを押してやってきた。

「お待たせいたしました。腕によりをかけて焼き上げました、特製レモンパイでございます」

「わぁ！」

ドーム型の覆いが開けられた瞬間、甘い香りがふわんと漂う。待ちに待った瞬間だ。

目をきらきら輝かせて見守るレイモンドの前で手際よくパイが切り分けられ、ブラッドフォードとレイモンドそれぞれに一切れずつ供された。

「ほう。これがレモンパイか。実に美しい」

「ね、ね、かわいいですよねっ」

初夏の日差しに映える明るい黄色は見ているだけで心が浮き立つ。

「なるほど、おまえの言っていたことがよくわかる。これぞ幸せのレモンイエローだ」

「ぼくも今、とっても幸せな気分です」

揃って一口目を頬張った途端、ブラッドフォードは目を瞠り、レイモンドは落ちそうなほっぺたを両手で押さえた。

「おいしい〜〜〜！」

「あぁ、いい味だ。レモンの爽やかさが心地いい」

「畏れ入ります。よろしければ、お替わりもございますので」

「はい！　ぜひ！」

料理人の勧めに元気よく答えたレイモンドを見てブラッドフォードが笑い、それを見た侍女たちや料理人までくすくす笑う。照れくささに頬を赤らめたレイモンドも一緒になって笑ってしまった。

パイを半分まで食べたところで、ブラッドフォードが満足そうに嘆息する。

「たまにはこうして外でお茶を飲むのもいいものだな。おまえの好きなものを食べられて、おまえのうれしそうな顔も見られた」

「じゃあ次は、ブラッドフォード様のお好きなお菓子でお茶会をしましょう」

彼が自分のことを知りたいと思ってくれるように、自分も彼のことがもっと知りたい。

それに、ブラッドフォードを知るきっかけとなった『シュタインズベリー物語』には、登場人物の趣味嗜好など細かい描写はなかったから。

そう言うと、ブラッドフォードは感慨深げに頷いた。

「……そうか、そうだったな。おまえは出会う前から俺のことを知っていたのだっけ」

「すごく遠いところから眺めていたようなものです。こうして実際にお会いして、はじめてわかったことがたくさんありましたから。あの頃は、ブラッドフォード様のお姿さえ想像するしかありませんでした。物語には『光り輝く麗しの王子』としか書かれていなくて」

「それはまた、なんとも誤解を与える表現だな……」

途端に渋面になったブラッドフォードに、悪いと思いつつもつい噴き出す。

「ぼくはぴったりだと思いますよ。はじめてお目にかかった時も同じことを思いました」

「そうだったのか。他にはなんと書いてあったんだ？」

「寛容で思いやり深いとか、身分に関係なく誰にでも親切になさるとか……それから、その美しさで女性たちの目を釘づけにするとも」

ブラッドフォードを見た女性たちが歓声や感嘆のため息を洩らしていることに、最近になって気がついた。周りを見渡す余裕が生まれたからかもしれない。たくさんの人の目が恋人に注がれているのを肌身で感じるたび、胸の奥がシクッと疼《うず》く。

どんな顔をしたらいいかわからなくて目を伏せると、向かいから含み笑う声がした。

「まさか、おまえが妬いてくれるとは」

「え……？」

きょとんとしながら顔を上げる。

そんなレイモンドとは正反対に、ブラッドフォードはなぜかうれしそうに微笑んでいた。

「俺が異性の注目を浴びるのが嫌なのだろう？　かわいいヤキモチを焼いてくれて俺はうれしいが」

「ヤキモチ？　これが……？　いいえ。ぼくなんかがヤキモチだなんて」

「おまえが焼かずに誰が焼くんだ。それに、嫉妬なら俺だってする」

「へっ？」

今度はおかしな声が出た。

「ブラッドフォード様が嫉妬？　それこそまさか」

目をまん丸にし、ぶんぶん首をふるレイモンドにブラッドフォードは苦笑するばかりだ。

「まったく、おまえはもう少し自分のことに頓着してくれ。おまえのように美しく、心根のやさしい青年は誰からも愛される。放っておけるわけがない」

「え、えーと……？」

まるでセドリックのようなことを言う。

すると、心の中を読んだかのようにブラッドフォードがニヤリと口角を上げた。

「今、兄君のことを思い出しただろう？　俺もおまえに出会ってすぐは、兄君のレイへの執着ぶりに驚いたものだったが、今ならその気持ちがよくわかる。おまえは放っておけないんだ」

「それはその、危なっかしいって意味でしょうか……」

イエスと言われたらそれはそれで悲しいけれど。

上目遣いで見上げるレイモンドに、ブラッドフォードは微笑みながら首をふった。

「そうじゃない。かわいくてたまらなくて、ずっと傍に置いておきたくなるんだ。そういう意味では俺は兄君から恨まれているだろうな。かわいい弟を奪った張本人として」

「恨むだなんて……兄は、ぼくの幸せを一番に願ってくれているはずです。だから心配いりません」

「それはうれしいと思っていいのか、つれないと気の毒がってやればいいのか……」

ブラッドフォードはなんとも言えない顔で苦笑する。

彼はティーカップを傾けた後で、思いきったように「それに」と続けた。

「おまえは物語の中の俺も知っているだろう。俺には知り得ないことだ。おまえだけの世界があるというのは、うらやましくもあり、少し妬いてしまいもする」

「それって、物語の中の自分にってことですか？」

「子供みたいだろう」

「いいえ、ちっとも。むしろうれしいです」

物語の世界なんていう、荒唐無稽と言われてもしかたないものを信じてくれることがうれしいし、自分が抱いたシクシクと疼《うず》く気持ちも分かち合ってもらえたようで。

そう言うと、ブラッドフォードは眉尻を下げてはにかむように笑った。

「おかしなものだな。すぐ目の前に、愛しい相手がいるというのに」

「本当ですね。こんなに楽しいお茶会の最中なのに」

「ヤキモチもたまにはいいが、ほどほどにしておこう。せっかくの機会を台無しにしてしまう」

「でも、正直に話せてすっきりしました」

「あぁ。俺もだ」

顔を見合わせ、清々しい気持ちでフォークを取る。

「それじゃ、さっきのお話の続きをしましょう。ブラッドフォード様のお好きなお菓子のお話を」

「そうだな……幼い頃はそれなりにいろいろ食べたはずだが、酒を嗜むようになってからはすっかり縁遠くなってしまった。だからおまえが教えてくれ」

「そうなんですね。それなら……」

レイモンドは椅子に座り直すと、思いつくままに好きなものを並べはじめた。

「ぼくがレモンパイの次に好きなのは、木苺のタルトです。ちょうど今頃が苺摘みの季節ですよね。子供の頃はそれがすごく楽しみで、いっぱいつまみ食いして夜ごはんが食べられなくなっちゃって、母と兄から木苺禁止令が出たこともありました。ふふふ。今度一緒に苺摘みに行きましょう。ぼくがコツをお教えします。それから、ベリータルトやアップルパイも大好きです。もちろんチョコレートタルトも！」

「ずいぶん多いな？」

ブラッドフォードが目を丸くする。

新鮮な表情にうれしくなりながら、レイモンドは悪戯《いたずら》っ子のように笑った。

「全部制覇しましょうね。ブラッドフォード様」

「なるほど、そういうことか。これは一気にたくさん楽しみができた」

「約束ですよ」

小指を絡めて指切りを交わす。

ふたりは甘酸っぱいレモンパイを心ゆくまで味わいながら、楽しい計画を語り合うのだった。

この作品に対する皆様のご意見・ご感想をお待ちしております。

おハガキ・お手紙は以下の宛先にお送りください。

【宛先】

〒150-6019 東京都渋谷区恵比寿 4-20-3 恵比寿ガーデンプレイスタワー 19F
（株）アルファポリス　書籍感想係

メールフォームでのご意見・ご感想は右のＱＲコードから、
あるいは以下のワードで検索をかけてください。

アルファポリス　書籍の感想　検索

ご感想はこちらから

悪役令息《あくやくれいそく》は第二王子《だいにおうじ》の毒殺《どくさつ》ルートを回避《かいひ》します！

宮本れん（みやもと れん）

2025年 4月 20日初版発行

編集－星川ちひろ
編集長－倉持真理
発行者－梶本雄介
発行所－株式会社アルファポリス
〒150-6019 東京都渋谷区恵比寿4-20-3 恵比寿ガーデンプレイスタワー19F
TEL 03-6277-1601（営業） 03-6277-1602（編集）
URL https://www.alphapolis.co.jp/
発売元－株式会社星雲社（共同出版社・流通責任出版社）
〒112-0005 東京都文京区水道1-3-30
TEL 03-3868-3275
装丁・本文イラスト－緋いろ
装丁デザイン－AFTERGLOW
（レーベルフォーマットデザイン―円と球）
印刷－中央精版印刷株式会社

価格はカバーに表示されてあります。

落丁乱丁の場合はアルファポリスまでご連絡ください。

送料は小社負担でお取り替えします。


ISBN978-4-434-35626-1 C0093